수탉의 도전

수탉의 도전

1판 1쇄 발행	2021년 10월 15일
지은이	이인숙
발행인	이선우
펴낸곳	**도서출판 선우미디어**

등록 | 1997. 8. 7 제305-2014-000020
02643 서울시 동대문구 장한로 12길 40, 101동 203호
☎ 2272-3351, 3352 팩스: 2272-5540
sunwoome@hanmail.net
Printed in Korea ⓒ 2021. 이인숙

값 13,000원

ISBN 978-89-5658-683-0 03810

이인숙 수필집

수탉의 도전

선우미디어 sunwoomedia

　작은 개울물이 강으로 바다로 흘러가듯 인연도 삶의 물결 따라 이어진다. 작가가 되고 작품집을 발표하리라 꿈에도 생각못한 일이다. 스승 이은희 수필가를 만나며 수필과의 인연도 시작되었다. 칼날처럼 날카롭던 마음이 햇살에 잔설이 녹듯 글 속에 스며들기를 바람하였다.

　표제작인 「수탉의 도전」－(전북도민일 신춘문예 당선작)은 나를 세상의 빛을 보게 하였다. 세상을 향한 도전이며 상처받고 화해하는 과정을 가식 없이 담은 고백서이다.

　수필은 치유의 문학이라고 생각한다. 때론 그리움을 때론 소소한 일상과 아픔까지도 글로 토해내며 스스로 다독인다. 그러는 동안 몸과 마음이 치유되었다. 더불어 지금 힘든 시간을 보내는 이들이 평안한 삶에 이르기를 두 손 모아 기원한다.

첫 작품집인『수탉의 도전』은 혜안글방 문우가 한마음으로 출간을 지원하였다. 수필이 맺어준 인연이 바다의 파도보다 큰 물결로 흐르고 있다. 혜안글방 문우에게 지면을 통해 다시 한번 깊은 감사의 마음을 전한다.

2021년 가을
이인숙

여는 글 · 4

Chapter1 님의 침묵

^{Chapter}2 수탉의 도전

^{Chapter}3 잘 늙는다는 것

Chapter 4 파수꾼

님의 침묵

66

때로는 말도
쉼이 필요하다.
인간의 가장 깊은 감정은 대개
침묵 속에 자리하고 있다고 했던가.
어쩌면 현란한 말보다 가슴을 울리는 간절한 언어는
침묵인지도 모른다.
살며시 그들이 보내는 언어에 귀 기울인다.
숨소리보다 낮은 신호에
나만의 몸짓언어로 화답한다.

99

별빛

칠흑 같은 밤하늘에 별이 무량 쏟아진다. 정녕코 예상치 못한 풍경이다. 뜻하지 않은 곳에서 별빛을 볼 줄 어찌 알았으랴. 밤이 대낮같이 밝은 빌딩 숲에 살아가는 매일매일이라 밤하늘을 제대로 본 기억이 드물다. 하늘은 언제나 제 자리에 있으나 그 하늘을 바라볼 여유가 없었다.

윤슬을 보는 듯 반짝이는 별빛이다. 꿈에도 생각 못 한 선물 같은 밤이다. 고마운 친구 덕분에 고향의 풍경 속으로 빠져든다. 종종 낚시로 잡은 물고기를 집에 놓고 가던 벗이다. 고향 개울로 낚시를 하러 가자는 말에 두말없이 따라나선다. 유년 시절 놀이터 삼아 종일 멱을 감고 놀던 개울이니 더없이 좋다. 친구를 따라나설 때만 해도 낚시찌에 올라온 물고기로 끓인 매운탕을 맛

볼 기대에만 부풀었다. 이렇듯 색다른 선물이 기다릴 줄이야. 슬쩍 하늘굽만 건드려도 별 무리가 와르르 쏟아질 듯하다. 찬란한 별 무리를 보고 있으니 문득 별빛을 닮은 친구가 생각난다.

친구는 양손에 커다란 짐을 들고 환하게 웃고 있다. 문인들과 문학 행사로 부산을 찾았던 참이다. 부산에 머무는 오랜 벗에게 안부 전화를 건다. 돌아가는 기차 시간을 묻더니 차라도 같이 하잖다. 멀리 있어 자주 만나지 못하고 주로 전화로 대화를 나누던 터다. 친구는 멋쩍은 표정으로 손에 쥔 보따리를 내밀며 '기차에서 김치 냄새나면 어떡하지. 다른 선생님들이 어찌 이런 걸 싸 들고 오냐며 흉보면 어쩌니'라며 연신 걱정이다. 그녀의 마음이 너무도 고맙고 사랑스러워 꼭 안아준다.

하얀 상자 속에는 친구의 마음이 별처럼 내려앉아 있다. 손수 만든 빛깔 좋은 곶감은 봉지에, 대추를 푹 달여 만든 대추고는 작은 유리병에 정성스럽게 담겨있다. 평소 좋아하는 고추 반찬과 땅콩 자반을 보자 입안에 군침이 돌아 밥도 없이 맛을 본다. 그 맛이 꿀맛이다. 어디 그뿐이랴. 솜씨 좋은 친구는 배추김치에 총각김치까지 온갖 먹거리로 상자를 빈틈없이 빼곡히 채웠다. 혹여 국물이 샐까 두 번 세 번 묶은 것을 보니 온종일 준비했을 그녀의 정성이 전해져 코끝이 찡하다. 이 고마운 선물을 어찌 먹는단 말인가. 부모님이 일찍 돌아가신 뒤 고맙게도 친정 언니가 자주 엄마의 손맛이 담긴 음식을 만들어주곤 한다. 하지만, 이 느낌은 그와는 또 다른 정겨움이 전해져 가슴이 뭉클하다.

나는 돈복은 없어도 인복은 넘친다고 입버릇처럼 말한다. 거 짓이 아니다. 힘겨운 일상에 삶을 포기하고 싶은 적도 있었다. 하지만, 곁에서 늘 힘이 되어주는 그들을 생각하면 어두웠던 내 마음에도 무수한 별빛이 쏟아져 내린다. 어찌 일일이 다 열거할 수 있으랴. 산목숨에 거미줄을 칠 수 없어 종종거리던 일상에 그 마음들이 없었다면 지금의 나는 없었으리라. 건조하고 막막하던 삶에 조용하지만 따뜻한 응원을 아끼지 않은 이는 친구들만이 아니다.

두 분을 따라 산소 앞에 자리를 깔고 도시락을 펼친다. 그날의 풍경과 느낌은 마치 어제의 일인 듯 또렷하다. 혹여 내가 헛된 생각을 품을까 염려스러우셨던 것일까. 작은 초가 선방에서 공 부하던 스님들과 인연이 닿았다. 스님은 당신들의 공부할 시간 을 내어 때론 엄마같이 때론 언니같이 생업에 종종대는 나를 다 독여주곤 한다. 그날도 새벽시장과 공장식당을 오가던 나를 불 러 소풍을 하러 가자며 너저분한 트럭에 선뜻 올라타신다. 영혼 들과 친구가 되어 좋고 잔디가 보드라우니 이보다 좋은 곳이 어디 있느냐 하신다. 스님은 산소 주변으로 정성스럽게 고수레를 하고 앉는다. 그리곤 법문도 들려주시고 나의 마음도 다독인다. 그분들의 별빛보다 반짝이는 자비를 어찌 잊으랴. 부족하지만, 명절에 아이들의 손을 잡고 스님을 찾아뵙는 것으로 그 감사함을 표현하고 있다.

이생의 삶을 다하고 떠나면 별이 된다는 말이 있다. 까만 밤 너럭바위에 앉아 별빛 총총한 하늘을 보며 깊은 생각에 잠긴다. 가슴에 넘치는 사랑을 두고 떠난 부모님도 저 별 중 하나가 되었을까. 떠난 이들이 별이 되어 저리도 찬란히 빛을 내는 것이라면 이별을 한들 조금은 덜 서러울 것만 같다. 이생의 소중한 이들과 떠난 이가 서로 눈 맞춤하며 마음을 나누는 밤이 어찌 외로울 수 있으랴. 아니, 어쩌면 떠난 영혼만이 별이 되는 것은 아니지 않을까. 생을 살아가며 나누는 따스한 정과 마음이 모여 하늘의 별빛으로 빛나는 것일지도 모른다. 무수한 별빛은 누군가에게 삶이고 희망의 흔적이리라.

둘러앉은 친구들은 불혹을 넘긴 나이다. 얼굴이 까맣게 그을리는 줄도 모르고 함께 산천을 헤집고 다니던 친구들이다. 그 얼굴에도 주름이 하나둘 늘어간다. 유년 시절처럼 기운이 넘쳐 산천을 넘나들 수는 없어도 여전히 만나면 행복하고 함께하면 즐거운 마음은 그 시절 그대로이다. 오랜 벗들과 너럭바위에 둘러 앉아 낚시하니 예전으로 돌아간 듯 나이를 잊는다. 또한, 무수한 별빛 세례를 받으니 더없이 평화로운 밤이다.

　보글보글 매운탕을 끓여 먹자던 기대는 빗나갔다. 강태공도 물고기도 쏟아지는 별빛에 취해 미끼의 유혹을 떨치었나 보다. 오늘은 어부지리로 합석한 나도 별빛에 정신을 차리지 못한다. 이 밤의 찬란함을 어찌 매운탕에 비하랴. 오늘은 나를 지켜준 이 들의 마음인 양 무수한 별빛에 취한다.

≪현대수필≫ 2020년 겨울호

주목 아래서

아버지가 당당한 모습으로 우뚝 서 있는 듯하다. 햇볕에 까맣게 그을린 모습이 아닌 짙푸른 자태다. 굽은 허리 펼 사이 없이 고단하던 당신의 형상이 아니다. 땅에 기운차게 뿌리내린 주목의 둥치는 씨름선수의 허벅지보다 굵고 하늘 향해 자란 키는 아버지의 신장을 훌쩍 뛰어넘는다. 당신인 듯 당당한 주목이 환하게 나를 반긴다.

두 분이 바라보고 있을 시선 높이의 풍경을 돌아본다. 눈앞 들녘엔 고추가 제법 자라 푸른빛이 가득하다. 예전 드넓던 강변은 사라졌지만, 개울엔 맑은 물이 흐르고, 신작로엔 자동차의 행렬이 이어진다. 마을은 사방으로 적당한 높이의 산봉우리가 감싸고 있다. 앞산 오솔길을 따라 오르던 눈길이 다시 마을 앞 개울가에 머문다. 작은 여자아이와 아버지의 요란한 상봉이 현실인 듯 눈에 선하다.

아이는 망부석이 되어 마루에 걸터앉았다. 미동도 없이 개울 건너를 뚫어지게 바라보고 있다. 큰 물체가 오솔길 따라 출렁거리며 내려오는 것을 발견하자 비로소 발딱 일어나 개울가로 달음질친다. 나무둥치보다 큰 물체가 제 아버지의 지게 짐인 걸 단박에 알아차린다. 아이는 아버지가 반가운 것도 있지만, 지게 속에 담긴 것들에 대한 기대가 그보다 크다. 아버지는 오늘도 나무를 하다 만난 다래와 머루, 알밤 등을 그냥 지나치지 못했으리라. 당신이 올 때만을 기다리는 막내를 위해 그것들이 뭉개지지 않도록 칡 이파리로 감싸 나뭇짐 사이에 챙겨두었으리라. 성정이 불같고 엄해 모두가 무서워하지만, 막내에게는 한없이 다정한 분이다. 자신의 모든 것을 아낌없이 내어주는 나무, 아버지는 내게 그런 존재다.

뜨거운 여름이면, 집 안팎은 온통 고추 냄새로 진동한다. 고추가 가득한 건조실은 살이 탈 것처럼 뜨겁다. 하지만, 당신은 아랑곳하지 않고 그곳을 드나든다. 틈틈이 까만 연탄 반죽을 벌겋게 타오르는 아궁이에 꼼꼼히 발라 준다. 연탄을 골고루 발라주어야 건조실 온도가 일정하게 유지되어 고추가 잘 마르는 것이다. 아버지는 일꾼들이 밭에서 수확해온 고추를 받아 연신 뜨거운 방에다 펼쳐 넌다. 당신의 드나드는 모습만 보아도 숨이 차오른다. 아버지는 새벽부터 밤늦도록 쉬는 법이 없다. 그러던 당신이 가끔 대문 앞 주목 아래서 꼼짝 않고 허공만 바라보고 있을 때가 있다. 생각해보니 그날은 외할아버지가 다녀간 날이었던 것 같다.

그런 날이면 외할아버지가 한없이 미웠다. 술에 거나하게 취한 외할아버지가 귀한 딸을 빈농에 시집보냈다며 억지소리를 하신 것이다. 연신 담배만 피워대는 아버지에게서 여느 때의 다정한 모습은 찾아볼 수가 없다. 평소 쫑알대며 주변을 알짱거리던 막내도 그런 날은 감히 당신 가까이 갈 엄두를 내지 못한다.

어머니를 향한 아버지의 사랑은 특별했다. 살가운 말로 어머니를 대하지는 않았지만, 추운 겨울엔 이른 새벽부터 아궁이에 불을 피워 가마솥에 물을 덥혀 놓은 후에야 어머니를 깨운다. 또한, 당신은 손에서 일을 멈추지 않으면서도 어머니에겐 두 손 가득 무언가를 들려선 도시에 사는 자식 집으로 보낸다. 또한, 오일마다 서는 장날에도 굳이 어머니를 장으로 보내는 그 이유를 우리는 알고 있다. 잠깐만이라도 일손을 놓고 바람을 쐬고 오라는 당신만의 배려였으며. 표현이 서툴렀던 아버지만의 사랑 법이다. 하지만, 어머니는 외할아버지에 지독한 사랑도 아버지의 애틋한 사랑도 오래 향유하지 못했다. 두 분이 가신지 20여 년이다.

큰아버지가 심어 놓은 주목은 제법 잘 자란다. 평소 꽃을 좋아하던 어머니를 위해 집 안팎으로 온갖 꽃을 심던 아버지, 이제 큰아버지가 그 동생을 추억하며 산소 주변에 갖가지 꽃을 심는다. 주목도 몇 해 전 큰아버지가 심은 것이다. 아흔의 연세로 청력이 나빠 우리와의 대화는 눈빛으로만 가능하다. 자식들이 해준 값비싼 보청기도 소용이 없는 모양이다. 큰아버지의 이마에 골진 석 삼자 주름이 아버지의 모습과 겹쳐진다.

수탉 울음소리보다 먼저 아침을 맞이했던 아버지, 당신이 더없이 그리운 날이다. 바빴던 일상에서 손을 놓은 지금은 좀 편안하실까. 당신이 계신 그곳에선 어머니와 여유롭게 꽃동산을 거닐고 계실까. 작은 체구에 까만 얼굴, 환하게 웃어주던 당신이 보고 싶다. 아들, 남편, 아버지라는 이름으로 살아온 당신의 생은 감당하기 힘겨운 삶이지 않았던가 싶다. 이제나마 당신이 편안한 삶을 누리길 소원한다.

다시 산소 주변을 정리한다. 생전 당신의 흰머리를 뽑아주듯 '아버지 따갑겠지만 조금만 참아. 깔끔하게 단장해 줄게요'라 혼자 말을 중얼거려본다. 대충 작업을 끝내고 넓지 않지만 그늘진 곳 주목 아래 자리를 잡는다. 주목 옆으론 보랏빛 아이리스가 눈부시다. 박초바람에 흔들리는 꽃송이가 다정했던 두 분의 모습을 보는 듯하다.

당신의 품인 듯 주목 아래 누워본다. 마치 두 분이 다정하게 나누는 이야기 소리가 들리는 듯하다. 다음에 올 땐 아이들도 데려와 주목 아래서 두 분의 이야기를 들려주고 싶다. 그날은 소소하게 도시락도 싸 오리다. 서쪽 산마루가 붉게 물들고 있다. 아쉽지만 두 분에게 인사를 하고 아이들이 기다리는 집으로 발길을 돌린다.

님의 침묵

찌루 시선은 오늘도 창가에 머문다. 꼬와 나란히 앉아 있던 날이 그리운가 보다. 몸짓 작은 녀석의 뒤로 긴 그림자가 짙게 드리운다. 평소 좋아하던 간식으로 달래 보지만 신통치가 않다. 혹여 마음에 병이 들지나 않을까, 친구를 그리는 목마름에 침묵의 시간이 길어지진 않을까 걱정이다.

두 녀석이 처음 만난 그날 풍경은 아직도 눈앞에 선하다. 팽팽한 긴장 속에 숨이 막힐 지경이었다. 자신의 영역을 지키려는 놈과 빼앗으려는 놈의 거친 하악질로 분위기는 살벌하다. 영역확장을 위한 힘겨루기는 어찌 보면 짐승의 본능이리라. 두 녀석의 첫 대면이 순조롭지 않았지만, 얼마간 시간이 흐르자 걱정과는 달리 둘은 더 없는 단짝이 된다.

종일 비가 추적거리던 날이었던가 보다. 큰아이가 홀로 비에 젖어 떨고 있는 새끼고양이 꼬를 집으로 안고 온 것이다. 그날부터 가족들은 고 작은 녀석에게 마음을 온통 빼앗겨버렸다. 등과 다리는 검은 색 털이고, 배와 콧등은 하얀색 털로 마치 턱시도를 입은 듯 매끈한 고양이다.

찌루는 어린 꼬가 혼자인 것이 안쓰러워 지인의 집에서 안아 온 녀석이다. 온몸이 하얀색 털인 우아한 자태에 페르시안 종이다. 꼬가 의젓하고 부드러운 성격이라면, 찌루는 고양이답지 않게 살갑고 애교가 넘친다. 둘의 모습을 보고 있노라면 저절로 미소가 번지고 평온해진다. 날이 갈수록 인간과는 다른 정이 쌓인다. 녀석들과 정답게 지낸 시간이 두 해가 꽉 찰 때쯤이리라.

꼬가 저 홀로 이별을 준비하고 있었나 보다. 여느 때와 다른 녀석의 행동을 일찍 알아채지 못한 탓이리라. 먹이도 잘 먹고 조용하던 녀석이 숨을 헐떡이는 걸 더운 날씨로 여긴 무지함이다. 숨소리가 심각하여 급히 동물병원을 찾았으나 이미 폐에 물이 차올라 호흡이 어려운 상태란다. 매번 정기검진을 받아왔던 터인지라 진료 결과가 당혹스럽다. 의사의 말이 고양이는 점잖은 동물이라 아파도 내색을 하지 않는 편이란다. 말 못 하는 녀석의 고통을 미루어 짐작하니 차마 똑바로 바라볼 수가 없다. 꼬의 입원을 결정하고 의사에게 꼭 살려 달라고 간곡히 부탁하며 무거운 마음으로 병원을 나선다.

찌루는 사라진 꼬의 체취를 찾아 사방으로 분주히 뛰어다닌다. 늘 함께하던 친구가 보이지 않는 이유를 몰라 몹시 불안한 모양이다. 안쓰러워 다음날은 찌루를 데리고 면회를 가려고 했는데, 그 애틋함도 모르고 꼬는 매정히 이별을 고한다. 그리 맥없이 꼬를 보냈다. 예고 없는 이별의 고통을 어찌 모르랴.

"사랑도 사람의 일이라, 만날 때에 미리 떠날 것을/ 염려하고 경계하지 아니한 것은 아니지만/ 이별은 뜻밖의 일이 되고, 놀란 가슴은 새로운 슬픔에 터집니다."라고 한용운 시인은 읊지 않았던가. 이별의 대상이 사랑하는 연인이든 형제든 슬픔의 깊이는 비슷하리라. 지난날 느닷없이 부모님과 사별하고 그리운 당신을 수없이 불러도 대답 없는 침묵에 절규하던 시간이 또렷하다.

투병 중인 어머니는 속절없이 말라갔다. 몸을 감싼 근육마저 제 모습을 유지하지 못한 채, 앉지도 눕지도 못하는 고통의 연속이었다. 힘겨워하는 모습을 보는 것만으로 숨이 차올랐다. 저렇듯 고통스러운데 차라리 편안한 곳으로 가시면 낫겠다 생각하다가 흠칫 놀라 몸을 떨었던 기억도 여러 번이었다. 어린 자식을 데리고 지극정성 간호에 매달리는 언니에 비하면 그저 방관자와

같던 나였기에 언니의 모습을 보며 마음을 다잡았다. 희망과 절
망 사이를 오가는 말 없는 침묵이 길어졌다. 옛말에 불행은 연이
어 온다고 했던가. 코끝을 간질이던 봄날, 이별을 채 정리할 사
이 없이 몰아닥친 부음에 정신을 차릴 수 없었다.

표현이 서툴렀던 당신의 속마음을 미처 헤아리지 못한 탓이었
다. 어머니를 보내고, 아버지와 며칠을 지내며 나누었던 짤막한
몇 마디가 허공에서 맴돌았다. 당신은 내 걱정은 하지 말라며 시
어른 잘 모시라고 하였다. 결혼 직후인 딸의 등을 떠밀어 제집으
로 보낸 지 삼 일째였다. 당신과 며칠 더 머물러 함께하였더라
면, 이토록 애통하지는 않았으리라. 회한이 서린 마음에 침묵만
무겁게 내려앉았다.

아버지를 배웅하는 길은 한없이 적막했다. 갑작스러운 부고에
문상객도 없는 상가는 어둠보다 무거운 침묵만 가득했다. 가뭄
에 논바닥 갈라지듯 메마른 목은 컥컥거릴 뿐 울음조차 나오질
않았다. 며칠 전 어머니와 함께한다고 봉분을 매만지던 당신의
모습이 눈에 선하다. 쓸쓸히 떠나는 상여 뒤를 휘청거리는 자식
은 맥없이 따랐고, 강바람 소리를 밀고 일어선 봄꽃마저도 차마
잎을 펼치지 못한 채 잔뜩 움츠렸다.

주인을 떠나보내고 적막에 휩싸인 옛집이다. 자동차를 타고

달리면 채 한 시간도 걸리지 않는 거리다. 선뜻 찾지 못하고 주저하던 곳, 애환이 서린 옛집 대문 앞에 선다. 마당 한구석에 낯익은 냄비가 뚜껑이 사라진 채 홀로 뒹굴고 있다. 된장 건더기를 고기라며 수저에 얹어주고 환하게 웃던 어머니의 미소가 떠오른다. 그 기억마저도 그리운 마음에 코끝이 찡하다. 냄비를 한쪽에 바로 놓아두고 어머니의 체취를 맡고자 부엌문을 연다. 온기가 사라진 부엌은 오랜 세월 탓에 천정이 무너져 뻥 뚫린 채 하늘이 주인이다. 순간 눈앞이 뿌예진다. 서둘러 뜰앞으로 나와 마루에 소복한 먼지를 털고 앉아 집안을 둘러본다. 지난 세월이 무색하게 집안 곳곳은 추억 속 물상들로 가득하다.

　나의 시선은 머리에 하얀 두건을 쓴 어머니가 광으로 부엌으로 분주한 발길을 쫓는다. 아버지는 지게 가득 베어 온 소꼴로 여물통을 채운다. 송아지를 낳은 암소가 기운이 솟는지 우렁차게 울어 젖히는 소리가 마치 귓전에 들리는 듯하다. 금방이라도 두 분이 환하게 웃으며 나를 부를 것만 같다. 하지만 이내 적막 속 침묵만 무겁게 흐른다.

　찌루의 시선은 여전히 창가를 향한다. 녀석은 슬픈 이별을 이겨내는 중이다. 아니 어쩌면 단짝이 돌아오지 않는 이유를 이해하고 그 슬픔을 삭이는 중이리라. 하늘도 녀석의 애틋한 마음을 아는 듯 봄빛을 찬란히 비춰 그의 침울한 마음을 위로하는 듯하다.

때로는 말도 쉼이 필요하다. 인간의 가장 깊은 감정은 대게 침묵 속에 자리하고 있다고 했던가. 어쩌면 현란한 말보다 가슴을 울리는 간절한 언어는 침묵인지도 모른다. 살며시 그들이 보내는 언어에 귀 기울인다. 숨소리보다 낮은 신호에 나만의 몸짓언어로 화답한다.

2017년 '근로자 문학제' 수필부문 금상 수상작

아버지 전상서

아버지.

밤사이 많은 눈이 내렸습니다. 소복이 쌓인 눈이 꽃처럼 아름답습니다. 창가로 보이는 큰 나무 아래는 나뭇가지가 병풍 역할을 한 덕분인지 다른 곳과는 달리 눈이 쌓이지 않았어요. 요행히 그것을 알고 까치가 땅으로 내려와 무언가를 열심히 쪼아대고 있습니다. 옅은 안개로 시야는 그리 넓지 않은 아침입니다.

당신이 계신 그곳은 어떠한가요. 개울에는 벌써 얼음이 얼었겠지요. 얼음 위로 눈이 하얗게 쌓인 앞 개울에서 친구들과 즐겁게 썰매를 타고 놀았던 기억이 또렷합니다. 당신이 철사로 만들어 준 썰매는 친구들 썰매보다 쌩쌩 잘도 달렸지요. 친구들이 부러워하는 소리에 괜스레 어깨가 으쓱해지곤 했습니다. 이곳은 아직 동장군이 기승을 부리는 강추위는 아닙니다. 하지만, 추위에 약한 탓에 어깨에 숄을 두르고 따뜻한 커피를 가지고 베란다로 나왔습니다. 문득 당신께선 커피를 좋아했는지, 어떤 음식을 좋아하셨는지 기억이 가물가물합니다. 단지 치아가 약한 탓에 무른 것 외에는 입에 대지 못했던 기억만 아릿하게 떠오릅니다.

오늘은 당신이 누워계신 바람골에도 눈이 제법 쌓였겠지요. 지난겨울 아이들을 데리고 갔다가 서둘러 돌아왔던 일이 못내 마음에 걸립니다. 오랜만에 찾아갔던 길이었는데 춥다는 핑계로 부리나케 되돌아왔지요. 돌아서는 모습을 보며 못내 아쉬워하셨을 표정이 보이는 듯합니다. 당신의 마음에 십 분지 일도 배려하지 못하는 철없는 행동을 용서하소서. 눈이 내려 온통 하얀 세상을 보고 있자니 그와는 달리 유독 까맣던 당신의 얼굴이 그리운 날입니다.

아버지.

눈은 참 묘한 구석이 있습니다. 남녀노소를 불문하고 눈을 싫어하는 이가 드물지요. 저 또한 추위를 잊고 이리 하얀 눈밭을 보며 추억 속을 유영하고 있으니 말입니다. 하지만 설레는 마음으로 한 움큼 뭉쳐 들었다가는 차가움에 화들짝 놀라게 되지요. 요즘 말로 밀당을 잘하는 놈인가 봅니다. 사람의 마음을 쥐락펴

락한다고 해야 하나요. 당신과 함박눈이 내리던 겨울밤, 화롯가에 빙 둘러앉아 웃고 떠들던 모습이 떠오릅니다. 당신은 몸이 아프지 않고는 가족보다 먼저 아랫목을 찾는 일은 없었지요. 겨울바람이 문풍지를 사정없이 휘몰아치는 날에도 이른 아침엔 변함없이 아궁이에 군불을 지펴 부엌을 뎁히고 더운물을 준비해 놓으셨지요. 그것이 어머니를 향한 당신의 사랑 표현이었음을 나이가 들며 알게 되었습니다. 그뿐인가요. 눈이 제아무리 많이 내리는 날에도 학교 가는 길에 우리들이 혹여 미끄러질세라 외딴집에서 마을 입구까지 말끔히 쓸어 놓으셨지요. 눈이 내려 하얀 세상을 보니 그리 사랑 넘치셨던 당신의 숨결이 그리워집니다. 아쉬운 대로 당신의 숨결을 느낄 수 있는 보물을 꺼내 봅니다.

당신이 직접 만들어 주신 소중한 보물, 기억하시지요. 그날도 함박눈이 내리던 겨울밤이었어요. 당신은 한 뼘 크기의 작은 나뭇가지를 매끈하게 깎아 와서는 예쁜 천으로 감싸 붙였지요. 그리 만든 막대에 무명실을 감은 실고리는 그냥 보아도 참 곱습니다. 어머니의 양손에 큰 무명실 타래를 걸어 놓으시고 양팔을 팔자 모양으로 돌려가며 두 분이 실을 감던 모습이 눈에 선합니다. 실타래에는 자로 잰 듯 일정한 간격으로 실이 마름모꼴로 감겨있어요. 어찌 이리 자로 잰 듯 일정하게 감았을까요. 엉킨 실 꽁지를 찾아 풀어내고 다시 실을 감던 당신의 표정은 사뭇 진지하기까지 했답니다. 실타래를 볼 때면 하얀 눈이 소복이 쌓인 산골 오두막집, 그날의 풍경이 그리워 가슴이 아릿하게 저려옵니다.

오늘처럼 눈이 내리고 불현듯 당신이 그리워지는 날엔 막내는 바느질거리를 찾는답니다. 서툰 솜씨로 아이들 옷의 단추도 달고 실밥이 뜯어진 곳을 바느질해 둡니다. 가끔은 이불 홑청처럼 큰 바느질거리에 도전도 하지요. 그리 실타래를 풀어쓰다 부피가 줄어들면 얼른 새 실을 사러 장으로 향합니다. 아이들과 합심해 당신처럼 실타래의 배가 두둑하도록 실을 감지요. 모양은 영 어설프지만 그런 덕분에 삼십 년이 훌쩍 넘은 실고리는 여전히 통통한 제 모습을 유지하고 있습니다. 눈이 내리는 겨울밤의 추억이 어디 그뿐인가요.

유독 문지방이 높았던 뒷방의 모습도 눈에 선합니다. 당신은 가을바람이 선선해질 때쯤이면 양팔을 벌려도 안을 수 없을 크기의 둥치를 만들어 고구마를 가득 담아두었지요. 겨울이 오면 우리 사 남매는 뒷방을 자주 들락거리지요. 눈이 많이 내려 아랫마을로 내려가지 못해 심심하던 우리를 달래주기엔 그만한 것이 없었습니다. 화롯불에 적당한 크기의 고구마 서너 개를 넣어두면 금세 맛있게 구워지지요. 겨울밤 호호 불며 먹던 군고구마 맛을 잊을 수가 없습니다. 당신께서 껍질을 까주면 아기새처럼 넙죽넙죽 잘도 받아먹던 일이 마치 어제인 듯 선명합니다.

조금 전 날아갔던 까치 한 쌍이 다시 날아왔습니다. 둘의 모습이 참으로 정겨워 보입니다. 눈이 쌓이지 않아 붉은 흙과 검불이 제 모습을 유지하고 있으니 먹을 것이 좀 있나 봅니다. 이 겨울 먹을 것이 많지 않을 텐데 다행이란 생각을 합니다. 부지런히 부리로 쪼아대는 모습이 사랑스럽습니다. 두 분도 어딘가에서 저리 다정히 계시겠지요. 막내도 짝을 만났으니 더는 마음이 아리지 않았으리라 짐작합니다. 다만 그리 바삐 가실 줄을 짐작 못했기에 함께하지 못한 많은 시간이 아쉽기만 합니다. 문득 막내의 신혼집을 둘러보고 돌아가던 당신의 뒷모습이 떠오릅니다. 처음이자 마지막으로 저의 집을 다녀가신 날이었지요. 이토록 그리워하는 당신의 모습이지만, 하얀 눈을 한 움큼 집어 든 양 마음이 시립니다.

안개가 걷히는 것을 보니 오후에는 날씨가 좋을 듯합니다. 소복이 쌓인 눈도 겨울 햇살에 곧 사라지겠지요. 우리네 삶이 자연의 이치와 같다는 생각이 듭니다. 사랑하는 소중한 이가 덧없이 떠난 자리에 다시는 없을 듯한 인연이 찾아와 또다시 살아갈 힘을 주니 말입니다. 아니 난 당신 삶의 반만치도 흉내 낼 수 없을

지도 모릅니다. 다만, 당신의 모습을 기억하듯 내 아이들이 먼 훗날에도 따뜻한 어미로 추억하며 살아갈 수 있도록 노력하겠습니다. 그러다 힘에 부칠 때면, 당신의 따뜻한 사랑으로 기운을 차리겠습니다. 이제는 자식 걱정은 털어내시고 편안함에 드시길 기원합니다. 아버지 사랑합니다.

마당에서

햇살 가득한 마당에 잡초가 무성하다. 지인이 새로 주인이 된 농가이다. 그녀는 집을 원한 것이 아니다. 본가로 드는 길이 좁아 넓힐 요량이다. 무너진 사랑채와 토담에서 그 마음을 짐작할 수 있다. 담장에 부딪힐까 아슬아슬하게 드나들던 좁은 길이 훤하게 뚫리는 날, 마당은 흔적 없이 사라질 운명이다.

나의 마음은 수시로 농가로 달려가 마당을 서성인다. 한때는 가을걷이로 마당 가득 곡식이 넘쳐났고, 어둑해질 무렵까지 아이들 소리가 끊이질 않았으리라. 그들의 일상을 고스란히 품은 채 곧 사라질 마당의 처지가 안타깝다. 불현듯 기억 저편에 자리한 마당 깊은 집이 떠오른다.

마루에 앉아 바라보는 대문은 마당보다 높다. 이름만 대문일

뿐 사철 문이 열려있는 집이다. 번화한 도시에 요행이 옛 모습을 유지하고 있다. 마을로 들어 좁은 골목길을 오르면 푹 꺼진 마당이 한눈에 보인다. 대문보다 지대가 낮은 곳에 집을 지은 탓이다. 안채와 작은 사랑채에 아홉 식구가 북적거리던 곳, 애증이 넘치던 그곳을 나는 마당 깊은 집이라 부른다.

마당 깊은 집으로 향하던 첫날이 눈에 선하다. 평소 즐겨 입지 않던 불편한 옷차림처럼 어색한 자리이다. 직장 상사인 아버님은 반가웠으나 어머님은 처음이라 조심스럽다. 전날 내가 무엇을 좋아하는지 아들에게 물어 차리셨다는 밥상은 내가 좋아하는 음식으로 가득하다. 당신만의 방법으로 나를 반겨주신 것이다. 마당 깊은 집은 그날의 어색함도 설렘도 소리 없이 품고 있다.

마당 깊은 집, 텃밭 모퉁이 자리는 어머님의 특별한 공간이다. 아니 우리도 종종 그곳을 이용한다. 당신이 보이지 않아 집안을 둘러보면 텃밭 모퉁이에 쪼그리고 앉아 무엇인가 열중하는 모습이다. 당신은 땅을 파낸 둥그런 웅덩이에 온갖 것을 넣고 불을 피우고 있다. 가끔은 아버님이 사주신 밍크도 며느리가 아끼는 재킷도 당신의 불쏘시개로 쓰인다. 어둡고 메케한 연기가 마당에 자욱하다.

도무지 당신의 마음을 알 길이 없다. 마음에 상처가 깊어 특별히 신경을 써야 한다고 스스로 다독이지만, 느닷없는 당신의 말과 행동이 나를 공격한다. 어머님은 어린 남매를 데리고 시아버님과 재혼하셨다. 세 살 된 막내에 그 위로 네 명의 전실 자식이 있으니 어린 자식 일곱을 키우게 된 것이다. 다행히 아버님의 성실함과 어머님의 알뜰함으로 칠 남매는 건강하게 자랐다. 하지만, 살림에 여유가 생기고 화목해지자 가까운 이들은 왜곡된 시선으로 분란을 일으킨다. 오해는 마음으로 낳은 자식을 돌아앉게 했고, 당신의 지친 마음마저 무너뜨렸다.

당신의 삶은 뒤로 한 체 자식을 지키고자 모든 짐을 짊어졌으리라. 한쪽으로 기우는 마음을 바로잡고자 자신과 끊임없는 사투도 벌였으리라. 하지만 누굴 탓하랴. 자식은 부모의 눈빛에 몸 달아하고 부모의 사랑을 받고자 해바라기 하는 것이 아니겠는가. 덧없는 사랑과 미움은 빗나간 서운함으로 가슴에 메우지 못할 깊은 웅덩이를 만들었다.

어머님은 이유 없이 역정을 내는 일이 잦아진다. 계절이 바뀔 때쯤이면 앓아눕는 당신을 대학병원에 모신 참이다. 밝아지던 모습도 잠시 다시 역정을 낸다. 아무렇지도 않은 당신을 환자랍시고 병원에 입원시켜 모욕을 겪게 한단다. 어쩌랴. 박사님께 인사드리고 퇴원하자며 진정부터 시킨다. 마침 처방 없이 먹던 많은 약들이 걱정스러워 성분을 의뢰한 결과가 나왔다는 연락을 받은 참이다. 의사는 약은 이미 어머님께 친구와 같다며 갑자기 끊지는 못할 것이라며 조금씩 줄여가자고 말한다. 오죽하면 약을 친구로 삼았을까. 의사 선생님과 이야기를 나눈 당신은 다시 아기처럼 평온한 모습이다. 자신도 알 수 없는 부아가 불같이 일어난단다. 그럴 때면 옆에 있는 며느리에게 불똥이 튄다며 내 손을 꼭 잡는다. 바로 처음 만나던 그날의 따뜻했던 손길이다.

마음결에 불길이 솟아 텃밭 웅덩이로 달려갔을 당신의 마음을 이제야 가늠한다. 아버님이 사준 모피가 무슨 소용이랴, 자식도 며느리도 당신 편이 아닌 듯 서운했으리라. '계모'라는 주위에 수군거림도 어머님의 마음을 더욱 움츠러들게 했으리라. 당신의 속을 보여줄 수 없으니 덧난 상처를 감추고자 마음속 깊은 웅덩이를 찾았던 것은 아닐까. 가슴에 화가 솟으면 습관처럼 가슴에 일어난 불보다 웅덩이에 더 큰불을 지핀 것이다. 아마도 당신의 삶이 짙은 연기로 내려앉을 때 온갖 시름도 녹아내리길 간절히 원했으리라.

깊이 파인 마당은 당신의 침묵이자 삶의 증거이다. 마당은 애증으로 가득한 당신의 삶을 고스란히 기억하고 있다. 어쩌면 당신에게 마당 깊은 집은 무거운 짐을 내려놓고, 고통을 삭이는 공간이었을지도 모른다. 순간 웅덩이에 스러지지 않은 불꽃이 당신의 대답인 양 일렁이는 듯하다. 그 불꽃이 내 가슴에도 일렁이는가. 잊고 지냈던 마당이 내 눈에 들어온 것이다. 그동안 당신의 말 없는 행위에 놀란 내 가슴만 쓸어내릴 줄 알았지, 애달픈 당신의 마음을 헤아릴 줄을 몰랐다.

농가의 마당을 바라보며 이제야 당신의 마음을 깨닫는다. 나는 지금껏 무엇을 품고 살았던 것일까. 내 가슴은 마른 먼지만 휘날리는 마당이었던가 보다. 그러니 그 무엇도 온전히 품지 못한 것이다. 이런저런 상념에서 벗어나 주변을 돌아보니 농가에 저녁노을이 소리 없이 내려앉는다. 오늘 같은 날 당신과 마당에 멍석 깔고 앉아 오래도록 못 다한 이야기를 나누고 싶다.

≪수필오디세이≫ 2021년 여름. 통권 6호
≪에세이포레≫ 100호 특집호 2021 겨울호 〈신작수필 특집〉

길 위에서 죽고 싶다

한낮 작렬하던 태양의 귀갓길이다. 수평선이 붉은 불길에 휩싸이고 벤치 위 어깨를 나란히 한 이들 위로 노을이 쏟아진다. 바다색도 노년의 새하얀 머리칼도 붉은 노을과 동색으로 잠긴다. 홀로 우뚝 선 소나무가 파수꾼처럼 그들 옆을 지킨다. 드라마 마지막 장면의 여운이 쉬이 사라지지 않는다.

삶이 무엇인가 깊이 생각하게 한 드라마다. 불혹을 넘은 여배우가 출연자 중 막둥이란다. 국내 최고 여배우도 노년의 배우들 앞에선 그저 살가운 손녀만 같다. 그녀의 애교에 노배우들이 환하게 웃는 모습이 보기 좋다. 내로라하는 배우들이 한자리에 모인 것만도 큰 뉴스이다. 앞으로 함께할 기회가 더는 없을 것 같아 참여를 주저치 않았단다. 드라마에 빠짐없이 등장하는 자극적 요소 하나 없이 세련된 감성과 인간애를 담은 드라마가 나의 감성을 깨운다.

"길 위에서 죽고 싶다."

한 친구가 피를 토하듯 쏟아낸다. 은퇴 후엔 세계여행 가자는 남편의 말을 철석같이 믿고 자신의 생을 아낌없이 희생하며 살아온 친구다. 노년이 되어도 가족들은 그녀의 희생만을 강요한다. 더는 참을 수 없는 그녀가 자신을 옭매던 일상에서 탈출하고 여행길에 오른다. 그녀의 친구들이 동행하나 여행길은 순탄하지 않다. 자동차에 연료가 떨어져 길 위에서 오도 가도 못하고 있다. 설상가상 쏟아지는 폭우에 발이 묶여 시골 허름한 숙소를 찾는다. 하지만, 누구에게도 조급함은 없다. 오히려 평화롭고 여유로운 모습이다. 죽음에 관한 물꼬를 튼 건 아마도 빗소리 탓이리라.

죽는다면 어떻게 죽고 싶으냐는 친구의 질문에 객사는 싫다며 손사래를 친다. 하지만, 여행 안내서를 주섬주섬 펼치는 그녀의 모습에서 이미 두려움은 사라진 듯하다. 특별한 위로가 없어도 고달픈 삶과 병든 육신이 서로 위로받고 있다는 생각을 한 것이리라. 노년이 되어서야 자신들의 진짜 모습과 마주할 용기를 낸 그들이다. '우리는 아직 청춘이다. 우리는 여전히 살아 있다.'는 그들의 외침이 메아리가 되어 귓가를 맴돈다.

친구는 어느새 머리가 하얀 노인이다. 우아한 여배우 친구도 화려한 겉모습과는 달리 외롭고 슬퍼 보인다. 각자의 사연을 품은 채 그들은 여행을 이어간다. 점점 그들은 서로의 고민과 아픔을 외로움과 슬픔을 위로하며 길을 걷는다. 머지않아 떠나게 될 죽음마저 마지막 여행이라 말하며 두려워하지 않는다. 조금은 일찍 찾아온 병마가 야속하고 억울하기도 하련만, 그들의 여행길은 더없이 평화롭다.

삶의 마지막 여행길을 준비하는 마음을 조심스레 들여다본다. 세월이 흘러 원하든 원치 않든 우리는 익숙한 삶을 이별할 때가 온다. 그날을 미리 알고 준비하는 경우도 있겠지만, 뜻밖의 경우로 준비 없이 떠날 수도 있다. 누구도 경험하지 못한 초행길인 건 분명하다. 낯선 세계가 두려운 반면 궁금증이 인다.

어쩌면 그곳은 우리가 애초에 떠나 온 본향일지도 모른다. 나는 부모님에 이어 형부가 불현듯 떠났다. 그런 탓일까. 죽음이라는 단어가 낯설지도 두렵지도 않다. 문득, 초상집 풍경이 떠오른다. 집안에 누군가가 생을 달리하면 상주는 사자 밥을 먼저 준비한다. 밥과 나물과 고무신을 준비해 대문 밖에 작은 상을 차린다. 영혼을 배웅하러 온 저승사자를 대접하는 것이란다. 망인을 부디 편안하게 모셔주기를 바라는 우리네 마음이 담긴 풍습이다.

유년 시절 작은 상에 소꿉놀이하듯 꾸며진 잿밥에 호기심이 일었다. 할머니가 돌아가신 날 처음으로 본 것 같다. 대문 앞에 쪼그려 코를 박고 구경하고 있자니 이웃 아저씨가 그곳에 있으면, 시커먼 옷 입은 저승사자가 잡아간다고 겁을 주는 것이 아닌가. 그의 말에 울며 엄마에게 달려갔던 기억이 난다. 죽는다는 것이 무엇인지도 모를 나이였지만 잡아간다는 말에 무서움이 일었던 듯하다.

정녕 저승사자는 무서운 존재일까. 그 점에 대해서는 의문이다. 간혹 영화나 드라마에 나오는 그의 모습은 온통 검은색이다. 눈과 입술마저 시커멓게 화장하고 검은 옷과 갓을 써 인상은 차갑기만 하다. 하지만, 나만의 상상 속 그들 모습은 좀 다르다. 고단했던 이생의 삶을 마치고 저승으로 귀환하는 망자를 맞는 이가 그리 험악할 리가 없지 않은가. 어쩌면, '그동안 수고했다.'라며 등을 토닥여 위로하지 않을까. 이승의 마지막 강을 건널 즈음엔 친절히 저승 세상도 설명해주리라. 멋진 춤과 구성진 목소리로 망자를 위로하는 노래를 불러줄지도 모를 일이다. 그는 이승을 떠나는 여행길에 마지막 동반자임이 분명하리라.

여행은 인생의 징검다리이다. 생업에 지친 우리의 삶에 낯선 세상을 구경할 수 있도록 길을 내어준다. 여행지에선 동행자와 평소 주고받지 못한 속 깊은 이야기도 나눈다. 때로는 오해로 깊어진 앙금을 풀어주어 불편했던 마음도 말끔히 털어낸다. 여행은 몸과 마음을 치유하는 능력도 있다. 인간은 영원히 살 수 없는 것, 언젠가는 마지막 여행길을 떠나야 하리라.

인생길은 유한한 길, 어느 즘에서 멈춰야 하는 예고된 길이 아닌가. 이 과정을 고단한 몸을 쉬고자 원래의 자리로 돌아가는 것이라 여기면, 두렵지도 무서울 일도 아니다. 그 여행길을 선택하라면 나 또한 기꺼이 '길 위에서 죽고 싶다.'라고 하리라.

벤치에 나란히 앉은 그들의 볼이 발그레하다. 붉은 노을빛이 주름도 가려주니 소녀같이 고운 모습이다. '마지막 여행길이 좀 더 멀었으면, 길 위를 달리는 노년의 여행이 더 오랫동안 이어졌으면 좋겠다.'라는 내레이션이 흐르며 붉은 바다가 서서히 침잠한다. 문득 알 수 없는 감정의 복받침에 눈물이 뚝 떨어진다.

방향지시등

끝이 보이지 않는 차량 행렬이다. 평소에도 병목현상으로 정체가 심한 곳이다. 딸의 직장은 버스 노선이 적어 출퇴근길이 복잡하다. 아침마다 출근 준비로 동동거리는 모습이 안쓰러워 얼마 전부터 출근 동선을 바꿔 딸을 먼저 직장에 내려준다. 출근을 평소보다 일찍 서두르지만, 막히는 도로 탓에 좌불안석이다. 더구나 오늘처럼 차량의 흐름이 흐트러지는 경우엔 조급증까지 인다.

옆 차선에서 방향지시등을 켠 차량을 보고 차간거리를 둔다. 그러나 도통 차선을 바꾸어 들어오지 않는다. 운전자가 조심성이 있다고 생각하며 속도를 조금 더 줄인다. 하지만, 그는 무슨 연유에선지 달리던 차선을 고집하고 있다. 차선 변경을 하지 않으려면, 방향지시등을 끄는 것이 안전하다. 여러 생각 끝에 내가 차라리 속도를 내 그 차량을 벗어나지 싶어 앞서 달려간다.

달리다 슬쩍 백미러로 바라보니 그는 여전히 같은 차선을 달리고 있다. 아마도 방향지시등을 잘못 켜고 정신이 다른 곳에 가 있나 보다. 달리던 차선을 바꾸는 일이나 혹은 갈 방향을 몰라 우왕좌왕하는 것이 어디 차량뿐이던가. 우리는 살아가며 자신이 갈 방향을 자신 있게 선택한 적이 몇 번이나 있던가. 가지 않은 길에 대한 호기심으로 종종 곁눈질할 때도 있다. 아니 달리던 길이 잘못된 것을 알고 방향을 서둘러 바꾸고자 허둥대기도 한다. 처음부터 가고자 하는 노선으로 제대로 들어섰다면 얼마나 다행이랴. 하지만, 그도 쉬운 일은 아니다. 문득, 요즘 뉴스에 오르내리는 사람이 떠오른다.

그녀가 온 나라를 혼돈에 빠트리고 있다. 하지만, 여자의 얼굴은 너무도 평범하다. 물론 관상에 관하여 무지한 내 눈에 그러하다는 것이다. 어디에 그런 간악한 마음이 똬리를 틀고 있던 것인지 놀랍다. 한 남자의 아내라는 말은 하지 않기로 하자. 부부란 헤어질 수도 있고 함께 산다 해도 남보다 못할 때도 있지 않으랴. 무엇보다 아이를 키우는 엄마이다. 끔찍한 범죄 소식은 잔인하여 떠올리기도 무섭다. 그녀의 삶에 방향지시등은 분명 고장이 난 것이리라.

　그녀의 어린아이가 내내 마음을 떠나지 않는다. 세상은 이미 미디어 홍수 시대이다. 아무리 숨기려 해도 언제인가는 아이도 진실을 알게 되지 않으랴. 그 순간이 더없이 가혹하리란 것은 자명하다. 부모의 잘못된 행동으로 그의 삶이 송두리째 휘청거릴까 염려스럽다. 과거 고장 난 방향지시등으로 인해 힘겨웠던 기억이 떠오른다.

　뜻하지 않은 사건으로 혼란에 빠진다. 무엇부터 정리해야 하는지 또, 누구에게 도움을 청해야 하는지 삶의 행로가 뒤엉켰다. 그가 교도소에 있단다. 내가 낯설고 두려운 그곳을 찾게 되리라곤 꿈에도 생각하지 못한 일이다. 가장의 잘못된 일탈로 감당키 어려운 시간이 흐른다. 그는 자신의 방향지시등이 천 길 낭떠러지를 향해 깜빡거리고 있던 것을 알고는 있었을까.

　정녕 나락으로 떨어지는 줄 모르고 달린 것일까. 낯선 장소에서 마주한 그의 모습 위로 영화의 한 장면이 겹쳐진다. 화면 가득 흐르는 긴장감에 오금이 저린다. 세상에는 영원한 적도 친구도 없다는 스승의 말뜻을 그는 모르는 듯하다. 담배 연기 자욱한 공간에 돈의 가치는 이미 사라진다. 영화 〈타짜〉에선 누가 더 감쪽같이 상대를 속이느냐가 승패를 가늠하는 것만 같다. 내로라하는 최고의 타짜도 속임수를 쓰다 단칼에 팔이 잘리고 비참한 최후를 맞는다. 십여 년이 지난 영화의 장면은 생각만으로도 소름이 돋는다. 그들에게 삶의 방향지시등은 애초부터 없었는지도 모른다.

가장은 가족의 삶을 올바르게 이끌어갈 의무가 있다. 가장이 삶의 방향을 어찌 정하느냐에 따라 구성원의 삶도 달라진다. 그의 한순간 잘못된 방향지시등으로 인해 가족은 느닷없이 매서운 칼바람에 내몰릴 형편이다. 영화에서나 볼 수 있을 광경을 그가 했으리라곤 믿고 싶지도 믿기지도 않는다. 하지만, 상상치도 못한 공간에 앉아 있는 그의 허탈한 표정과 행동이 모든 것을 증명한다. 이미 그의 방향지시등은 고장이 나 되돌릴 수 없게 된 것이다.

삶의 방향지시등이 엉뚱한 방향으로 향하지 않도록 수시로 살펴야 한다. 혹여 지름길이라 생각될지라도 거듭 고민하고 신중히 선택해야 옳다. 순간의 잘못된 선택이 평온한 가정을 아득한 절벽 아래로 내몰 수 있다. 아니 상대가 혹여 잘못된 방향을 잡더라도 노선을 바꾸고자 하는 의지만 강하다면, 기회는 있으리라. 가족은 서로가 속도를 조절하여 올바른 길로 접어들 수 있도록 길을 트고 기다려 주어야만 한다. 하지만, 고장 난 것을 외면하고 고집할 경우 정녕코 답이 없다.

　일정 구간을 지나니 차량 흐름은 막힘없이 흐른다. 한때 나의 고장 난 방향지시등은 뼛속까지 깊은 상처를 남겼다. 이제 상처는 아물고 새살이 돋는 중이다. 어쩔 수 없는 삶의 흔들림이었을지라도 아이들의 삶만은 흔들림 없기를 소원한다. 내가 삶의 방향지시등이 오류가 나지 않도록 수시로 점검하는 이유이다. 직장으로 들어서며 좌회전 깜빡이를 켜고 조심스럽게 좌. 우를 살핀다.

≪에세이 포레≫ 100호 특집호 2021 겨울호 〈신작수필특집〉

안개

대문을 여니 싸한 기온이 목덜미를 스친다. 사방이 짙은 안개에 잠긴 상태다. 자동차가 길게 늘어섰을 도로는 겨우 몇 미터 앞만 보일 뿐, 차량의 형체들은 보이지 않는다. 희뿌연 안개가 생업의 현장으로 달려가는 이들을 꾸역꾸역 삼킨다.

자동차 앞 유리 습기를 제거하고자 와이퍼를 작동한다. 생업을 멈출 수 없으니 안개 속을 헤치고 달려야 할 참이다. 비가 온다고 눈이 내린다고 일상을 멈출 수 있으랴. 날씨 변화에 주춤거릴 처지가 아니다. 문득 안개 자욱했던 호수 둘레 길이 떠오른다.

물안개가 잠포록이 내려앉은 저수지는 묵언 수행 중인 것만 같았다. 빗방울이 떨어져 나뭇잎에 부딪히는 소리, 자박자박 걷는 낮은 발걸음 소리만 간간이 들렸다. 방금 함께 걷던 지인의 모습이 안개 속으로 사라지더니 급기야 그들의 발자국 소리마저 삼켜버렸다. 오히려 안개 밖에 나 혼자 갇히고 말았다.

　눈앞에 대상이 보이지 않는다고 존재하지 않는 것은 아니리라. 안개에 가려 먼 곳을 볼 수 없으나 발아래 작은 물상들과 눈 맞추는 시간도 좋다. 우리네 삶도 그렇지 않을까. 우리는 대부분 겪지 않을 삶을 걱정하느라 현재의 귀한 것을 보지 못하는 경우가 있다. 삶이 어찌 늘 찬란하기만 하랴. 때론 천둥 번개와 짙은 안개 속인 듯, 한 치 앞을 분간할 수 없는 지경에 놓인다. 그렇다고 달리던 생을 멈출 수는 없지 않던가. 삶의 가속도를 줄이고 현재의 삶에 집중하라는 자연의 배려만 같다. 안개 속에 갇힌 작은 것들의 움직임에 귀 기울여 보자. 땅을 비집고 오르느라 부딪히는 작은 생명의 소리도 소음에 묻혀 들리지 않던 새소리도 비로소 들리리라.

　홀로 해찰을 떨다 놓쳐버린 지인을 찾아 보폭을 맞춘다. 도시에선 서로 하지 못했던 이야기를 나누는 우리의 모습을 또 다른 지인이 카메라에 담아준다. 생업에 묶여 이렇듯 소소한 시간을 누린 시절이 언제인가. 지척을 분간하기 어려운 안개 덕분에 주위에 풍경을 여유롭게 돌아보는 시간이다.

오감을 열고 소리에 집중한다. 작은 것들의 수런거리는 소리가 잦아드나 싶더니 멀리서 개 짖는 소리가 선명히 살아난다. 안개 속으로 사라진 주인을 찾고 있는 것일까. 녀석의 소리에 번뜩 정신을 차리고 조심스레 큰길로 진입한다. 짙은 안개는 신기하게도 자동차가 달려가는 속도에 맞춰 길을 연다. 짙은 안개 속일지라도 세상을 두려워말고 용기 내어 나아가라는 의미인가. 안개가 짙은 날엔 더 찬란한 햇살이 떠오르는 것을 기억한다. 삶이 안개 속만 같다고 두려워 말자. 짙은 안개를 벗어나면 분명 찬란한 당신의 삶이 기다리고 있으리라. 다만, 세상을 향한 삶의 속도 조절이 필요하다.

『(사)스마트경양포럼』 2020년 'e—뉴스레터'

비손

비손하는 그녀에게서 어머니의 모습을 본다. 어머니가 치성을 드리던 모습도 그녀처럼 고왔다. 합장한 두 손을 공손히 가슴 쪽에 모은다. 관음보살님께 비손하는 그녀의 뒷모습을 바라보고 있다. 산사에 불어오는 바람의 영향일까 아니면 봄의 끝자락에 빛나는 햇살 때문일까. 순간 보살님의 가사 자락이 흔들리는 듯 착각이 일어난다. 아니 염원은 천년의 세월이 흘러도 모자란다는 의미일까.

그녀가 몸을 일으켜 다시 두 손을 합장한다. 그녀를 향한 관음보살님의 자애로운 미소가 오래도록 머문다. 산사 주변 초록의 물결도 이제 막 터트리기 시작한 꽃망울도 고요하다. 나도 댓돌 위에 신발을 벗고 관음보살님 전에 나아가 삼배를 올린다. '감사합니다, 감사합니다, 감사합니다.' 나의 기도는 오늘도 한가지이다. '과연 살아낼 수 있을까. 아이 둘을 홀로 탈 없이 지켜낼 수 있을까.' 수없이 되뇌던 시간 그 지독한 세월을 지켜주셨으니 더는 욕심 부리지 않는다. 감사한 마음으로 절을 하고 고두배로 예를 갖춘다. 문득 새벽 예불에 참석하고자 이른 시간 산사에 오르던 때가 떠오른다.

불교와 인연이 없던 때이다. 산사에 간혹 들른 적은 있으나 예를 갖춘 기억이 없다. 하지만, 다급한 마음에 떠오른 것이 새벽 예불이다. 부처님께 비손하는 방법밖엔 별다른 묘수가 떠오르지 않았기 때문이다. 거래처에 납품을 마치고 돌아온 남편이 감쪽같이 사라진 것이다. 그것도 사무실에 찾아온 낯선 남자들을 따라나선 뒤다. 그를 알만한 곳과 인맥은 다 동원해 보았으나 찾을 수가 없다. 혼이 빠진 듯 하루를 보낸다. 다음날 동이 틀 무렵에야 지인으로부터 연락을 받는다. 그날부터이다. 평소 시어머님이 다니는 절을 찾아 무작정 산을 올랐다. 새벽예불시간에 늦을까 잠은 자는 둥 마는 둥 집을 나선다. 촛불 켜는 법도 향을 올리는 법도 몰랐다. 그저 예불이 끝날 때까지 절만 올린다. 이토록 간절한 마음이었던 적이 있었던가 싶다.

정화수 앞에서 비손하던 어머니의 마음도 같았으리라. 무작정

'도와주세요.'라 빌고 빈다. 법당에는 스님과 나뿐이다. 스님에게 예를 갖추는 법도 몰랐고, 예불이 끝나면 말없이 사찰을 떠나온다. 일주일쯤 지났을까. 스님이 나를 불러 세우신다. 차 한 잔 마시고 내려가란다. 말없이 차를 따라주시더니 '모든 고난은 이겨낼 만큼만 주십니다. 지금처럼 기도 열심히 하세요.'란 말만 하실 뿐 특별한 말씀이 없다. 새벽예불을 시작하고 두 주가 지나 남편이 집으로 돌아왔다. 십여 년을 공들여 운영하던 사업과 집은 빚을 갚느라 정리한다. 그가 왔으니 걱정이 사라진다. 그러나 가진 재산으로 주변정리를 하니 앞으로 살아갈 일이 걱정이다. 우리네 생이 이처럼 걱정이 떠날 날 없으니 불교는 이승을 속세라 칭한 것일까. 새벽마다 정화수를 떠 놓고 비손하던 어머니의 모습이 눈에 선하다.

정화수는 두레박으로 길어 올린 첫 샘물로 담는다. 우물가 장독엔 늘 정화수를 담은 하얀 사기그릇이 놓여있다. 그즈음 큰오빠가 서울에 있는 고등학교로 진학했다. 산촌에서 태어나 결혼하고 살아온 어머니로선 서울은 외국만큼이나 먼 곳이었으리라. 어머니는 늘 큰오빠 생각으로 노심초사하신 듯하다. 빈농의 형편이기에 마음과는 달리 넉넉하게 뒷바라지할 수 없는 현실이 괴로웠으리라. 자식을 낳아 길러 본 지금에서야 비로소 당신의 마음을 읽는다. 아니 어머니의 걱정이 어찌 큰아들뿐이었으랴. 가족을 챙기느라 밤낮 농사일에 지친 가장의 삶도 어린 자식들의 미래도 걱정이었으리라. 평소보다 잠이 일찍 깨어난 날 정화수 앞, 비손하는 어머니의 모습을 본다. 선뜻 당신에게 다가가지 못하고 한참을 바라만 보고 있다. 그녀의 비손하는 간정한 모습에 어머니의 모습이 실루엣처럼 겹쳐진다.

그녀의 번뇌가 깊어지는 듯하다. 직장을 삼십 년 넘게 다니며 당당히 임원의 자리에 오른 그녀이다. 회장님은 그의 능력을 진즉부터 인정해 주변의 만류에도 기꺼이 중책을 맡길 정도로 강직했던 분이다. 그러던 분이 최근 병환으로 고생한다는 이야기를 들었던 참이다. 늘 자신만만하고 쩌렁쩌렁했던 모습은 찾아볼 수 없고 병환이 심해 가까운 사람도 알아보지 못한단다. 그분의 삶을 지근거리에서 봐왔던 그녀인지라 안타까운 마음이 짐작된다. 오직 집념과 열정으로 사업을 이끌던 분이 하찮은 병마에 무너지는 것을 보는 마음이 오죽하랴. 이 순간도 그분의 건강을 기원코자 저리 간절히 비손하는 것이리라. 그녀의 간절함이 관음보살님 전에 닿았기를 기원하며 조용히 자리에서 일어선다. 그녀의 기도가 길어져 옆 전각으로 향한다.

독특한 느낌의 전각이다. 휘어진 나무를 그대로 문지방으로 사용했고 크고 작은 돌을 쌓아 올린 돌담이 다른 전각과는 다르다. 전각을 돌아보다 문득 한 가지 생각에 머문다. 나는 어떤 힘의 작용으로 지난했던 생을 살아낼 수 있었을까. 내 어머니 그리고 어머니의 어머니에 간절한 비손 덕분이진 않을까. '모든 고난은 이겨낼 만큼만 준다.'라고 하신 스님의 말씀도 간절히 비손하는 그 마음을 보신 것이리라. 오늘의 관음보살님도 오래도록 이어지는 중생의 비손하는 마음을 기꺼이 보아주시리라. 기도를 마치고 전각으로 들어서는 그녀의 모습이 한결 편안해진 듯 환하게 웃는다.

수탉의 도전

66

모난 돌이
몽돌이 되기까지는 거친 물길에
쓸리고 부딪히는 고난의 시간을 이겨내야 한다.
머물러 주춤거린다면
무엇 하나 얻을 수 없으리라.
수탉의
몸부림에서 포기하지 않고
세상으로 나아가고자 하는 거침없는
도전정신을 깨우친다.

99

그녀가 떴다

평범함을 꿈꾸던 여인이다. 커피도 마시고 연애도 하고 싶다는 그녀, 겉모습은 건들기만 해도 쓰러질 듯 가냘픈 외모다. 더욱이 총을 지니거나 독립운동을 할 사람으로는 상상이 가지 않는 앳된 모습이다. 하지만, 그녀는 죽음도 두려워하지 않는 독립운동가이다. 조국을 반드시 찾고 말겠다는 여인은 누구도 넘보지 못할 강인함을 지녔다.

'독립투사'하면 강한 남성이 먼저 떠오른다. 여성이 그 거친 삶을 어찌 살겠냐는 선입견 때문이리라. 스크린을 가득 채운 그녀의 모습이 낯설게 느껴진 연유도 그 때문이다. 태평한 세상에 살았다면 곱게 치장하고 연인과 데이트를 하며 총과 칼엔 관심도 두지 않았으리라. 하지만, 나라 잃은 조국의 독립을 위해 그 모든 꿈은 접은 채 무거운 장총을 들고 지붕을 날고 있는 그녀다. 영화 『암살』을 통해 그녀와 만난다.

대한독립을 염원하는 그녀의 얼굴이 활짝 핀 무궁화꽃만 같다. 그녀는 동료들과 독립을 훼방하는 간악한 친일 세력을 단죄할 계획을 세운다. 처단할 자를 확인하고 맡은 역할을 정한다. 마지막이 될지도 모를 일이기에 사진도 찍어 남기기로 한다. 상관은 모두의 굳은 표정을 풀어주고자 '대한독립 만세'라 선창하여 그들의 긴장감을 풀어준다. 그녀도 함께 따라 크게 외치며 비로소 미소 짓는다. 그 모습이 막 피어난 무궁화꽃과 겹쳐진다.

무궁화는 이른 여름부터 피어난다. 불볕더위가 절정인 팔월을 지나 들판의 곡식이 알차게 익어가는 계절까지도 한결같은 모습이다. 꽃 한 송이가 피었다 지면 또 다른 꽃송이가 몽우리를 터트린다. 거듭 피고 지는 중에도 간결함을 잃지 않는다. 질 때도 꽃잎을 곱게 접은 채 단숨에 떨어진다. 스러지는 모습 또한 한 점 흐트러짐 없다. 어떠한 고난 속에서도 흔들림 없던 그녀와 닮았다.

나라를 빼앗은 일제의 행패는 극에 달했다. 길가에 핀 무궁화꽃을 보며 우리의 조상들이 결의를 다진다며 남김없이 제거한다. 교육자이자 독립운동가인 남궁억은 극비리에 무궁화 칠만

주를 구해 심다 발각되어 교도소에 투옥된다. 일제의 치졸한 행위는 주변에서 무궁화꽃을 보기 어렵게 된 이유 중 하나이다. 다행히 요즈음은 무궁화 꽃에 대한 관심도가 높아지고 있다. 또한, 무궁화꽃 행사를 개최하는 지자체도 해마다 늘고 있다.

천안 독립기념관에서는 삼십여 년째 나라꽃 무궁화 축제를 이어온다. 홍천에는 한서 남궁억 기념관이 있다. 무궁화 꽃은 불볕 같은 더위에 고고히 피어났다 어둠이 내리면 꽃잎을 접는다. 생명을 다해 떨어질 때면 생생한 꽃잎을 거침없이 꺾는 기개가 우리의 민족성을 닮았다. 문득 영화의 마지막 장면이 떠오른다.

"밀정이면 처단하라는 임무 지금 수행합니다."

임무를 수행하던 그녀의 눈빛이 단호하다. 여인의 눈빛은 조국을 배신한 그를 절대 용서치 않겠다는 강인함이 배어있다. 한 사람의 배신으로 많은 동지가 목숨을 잃었다. 하지만, 배신자는 오히려 조국 독립을 이루고자 목숨을 걸고 투쟁했다며 거짓되게 살아간다. 결코, 용서할 수 없는 자이기에 조국의 이름으로 처단한다.

그녀의 삶이 무궁화꽃을 떠오르게 한다. 간악한 무리의 심장을 백발백중 명중시키는 조선 최고 명사수이다. 자신의 생을 바쳐 독립을 이루고자 하는 염원 또한 누구보다 강하다. 자신의 목숨을 지키고자 구걸하는 법도, 망설임도 없다. 그녀의 망설임 없는 단호함은 조국의 독립을 이끈 의지요 힘이리라. 그녀의 미소가 무궁화 꽃처럼 생기롭다.

정원 한 편 무궁화 꽃나무 앞에 선다. 나라를 되찾고자 그토록 애쓰던 이들에겐 무궁화 꽃을 보는 것만으로도 힘이 되었으리라. 타국에서 조국의 독립을 염원하며 활동하는 그들에게 겨레의 꽃은 외로움과 두려움을 잊게 해주지 않았을까. 조선 시대에 주변국에선 우리나라를 '동방에 있는 무궁화의 나라'라 불렀다고 한다. 무궁화 꽃은 한민족의 얼이요 정신이다.

무궁화꽃이 바람에 흔들린다. 만주벌판을 종횡무진으로 활동하며 조국의 독립을 꿈꾸었던 그들의 함성이 귓가에 들리는 듯하다. 그녀의 독립을 이루고자 헌신한 생이 결코 왜곡되지 않기를, 과소평가 되지 않기를 부디 소원한다. 저기 길가에도 무궁화 꽃이 활짝 피어있다. 그녀를 만난 듯 마냥 반갑다.

꿈

딸의 얼굴이 상기되어 불그레하다. 사진 속 젊은이들 모습만 봐도 열정이 느껴진다. 피부색과 언어는 다르지만, 그들의 꿈은 딸과 같은 광고 마케터이다. 꿈을 이루고자 모인 각국 젊은이들 눈빛에서 열정이 느껴진다. 그들의 꿈이 국가와 인종을 넘어 동색으로 빛나고 있다.

우리나라를 향한 반응이 특별했단다. 음악과 드라마, 영화 등 한국문화를 접한 그들은 대한민국 광고 콘텐츠에 대한 관심도 엄청나더란다. 자국 광고 발표에 이어 공동주제 미션에선 한국 대표인 딸의 의견에 더욱더 집중하더라 말하는 모습에 뿌듯함이 느껴진다. 이야기를 이어가며 딸의 눈에 빛이 난다. 이번 국제광고제에 참가한 경험이 녀석에게 많은 의미로 남을 듯하다. 같은 꿈을 품은 다양한 국가의 청년들과 함께한 기억은 오래도록 녀석의 삶에 영향을 미치리라. 문득 딸의 나이쯤 나의 꿈은 무엇이었던가 돌아본다.

앞으로 나아가지 못하고 주춤거렸던 기억이 더 많다. 빈농의 산림에 고민 깊은 부모님께 힘을 덜어 드리고자 언니는 상급 학교 진학을 포기한 참이다. 나 또한, 진학을 포기하고 취업을 선택했다. 출근 첫날 고향 친구와 버스에서 마주쳤던 기억은 지금도 선명하다. 친구는 하얀 셔츠의 교복을 입은 당당한 모습이었으나 나는 언니의 옷을 빌려 입은 어설픈 모양새가 부끄러웠다. 죄지은 것 없으나 도망치듯 집으로 돌아와 한참을 울었던 기억이 어제의 일만 같다. 그날부터이다.

학교에 진학하리라 다짐한다. 회사에 다니며 지원 가능한 야간학교의 문을 두드린다. 하지만, 회사에선 근무경력이 만 일 년이 지나야만 자격이 주어진다. 형편상 학교에 가지 못하는 이들이 많았던 시절에 어쩔 수 없는 규제이다. 꼬박 이 년이 흐른 뒤 상급 학교에 입학했다. 낮엔 회사에서 일하고 저녁엔 교복을 입은 학생으로 돌아간다. 종일 근무를 한 터라 몸은 지치고 힘이 들었지만, 교복만 입고 나서면 새로운 힘이 솟는 듯했다. 그러나 마음과는 달리 고단한 몸은 첫 시간부터 졸기 일쑤이다. 그리 정신없이 지낸 후 돌아보니 꿈은 현실과 점점 멀어지고 있었다.

회의 결과 자료를 정리하다 종종 새벽을 맞기도 했다. 기숙사에서 잠시 눈을 붙이곤 다시 출근하고 그래도 지치면 회의실에 숨어들어 쪽잠을 청했다. 그즈음 나보다 두 해를 먼저 정규 입학했던 친구들이 취직 걱정을 하기 시작했다. 그런 소식을 들으면, 안전한 직장에 공부까지 할 수 있어 얼마나 다행이냐며 스스로 위로했다. 상업계열 수업내용은 바로 현장에서 활용할 수 있으니 무엇보다 좋았다.

딸아이의 꿈은 광고 기획자이다. 어미로서 걱정이 앞선다. 혹여 매스컴에 드러난 화려함을 좇는 동경이면 어쩌나. 그렇다고 반대를 고집한다면 아이의 꿈을 막는 상황이니 고민이 깊어진다. 하지만, 지난날 원하던 공부를 못해 허둥대던 일을 돌아보고 딸의 꿈을 응원하기로 한다. 아이는 다양한 동아리 활동과 더불어 광고·마케팅 공부에 집중한다. 그와 관련된 공모전에도 꾸준히 도전하는 모습을 지켜보니 걱정과 염려는 믿음으로 바뀐다.

이번 공모전 준비과정도 치열했다. 대학 생활의 마지막 학기를 뜻있게 마무리하고 싶다는 의지도 강했다. 기어이 국내 스파

익스 아시아 광고제에서 금상을 수상하고 부상으로 해외 광고제까지 참가하게 된 것이다. 수상 소식을 전하던 딸의 목소리가 아직도 귀에 생생하다. 꿈에 도달하고자 끊임없이 노력하는 모습이 참으로 장하다. 나는 꿈을 이루고자 어떤 노력을 기울였던가.

생업에 종종대느라 잊고 있던 시간을 돌아본다. 시와 소설을 읽으며 작가의 꿈을 키우던 기억이 새롭다. 오랫동안 외면하였으나 알 수 없는 아릿한 감정이 밀려온다. 다시 문학을 공부하고 싶다는 생각이 꿈틀거린다. 도전해보고 싶은 의욕과 함께 두려움도 있다. 늦었다고 생각할 때가 가장 이르다고 했던가. 두려움을 털어내고 이제라도 꿈꾸고 원하던 글 숲에 들고자 소원한다.

저마다 가슴에 자신만의 꿈을 안고 살아가리라. 분주한 일상으로 꿈이 무엇이었는지 조차 잊은 채 살아가기도 한다. 하지만, '꿈의 실현을 막는 것은 오로지 하나. 실패에 대한 두려움입니다.'라고 파울로 코엘로는 말하지 않았던가. '우리가 꿈을 포기할지라도 꿈은 결코 우리를 배신하지 않는다'라는 말도 있다. 딸이 멋진 광고제작자가 되어 우뚝 서는 그날, 나 또한 독자들에게 좋은 수필 한 편을 보여주고 싶다.

사진 속 청춘들의 미소가 더없이 곱다. 그들의 꿈이 수면을 차고 오르는 갈매기의 힘찬 비상을 닮길 소원한다. 청춘들의 건강한 웃음소리가 귓전에 들리는 듯하다. 나도 그들의 웃음소리에 동화되어 빙그레 미소 짓는다. 또한, 내 가슴에는 알 수 없는 설렘이 차오른다.

수탉의 도전

수탉이 철조망 틈새 끼인 날갯죽지를 빼느라 발버둥을 친다. 눈망울을 껌뻑이고 붉은 볏을 움찔거리는 모습이 힘겨운가 보다. 틈새가 비좁아 수탉이 탈출하기엔 불가능해 보이건만, 포기할 수 없다는 몸부림이다. 탈출을 향한 집념이 팔월의 태양 볕보다 뜨겁다. 급기야 부리로 땅을 쪼아대며 용을 쓴다. 수탉의 몸짓에서 물러서지 않으리라는 오기마저 느껴진다.

드디어 탈출이다. 수탉이 날개를 펴고 텃밭으로 쏜살같이 내달린다. 철조망 아래 땅을 파헤쳐 틈새로 탈출을 성공한 것이다. 닭이 머리가 나쁘다는 말도 옛말인 것 같다. 철망과 땅의 틈새를 파헤치면 구멍이 생기는 걸 어찌 알았을까. 수탉은 볏을 꼿꼿이 세우고 개선장군처럼 풀밭을 활보하고 있다. 그 모습은 더없이 늠름하다. 수탉의 탈출은 한 번에 얻어진 것이 아니다. 몇 번의 실패 끝에 얻은 값진 성공이다.

수탉을 바라보다 문득 예전 내 모습이 떠오른다. 과연 나는 삶의 주인인 적이 있었던가. 돌아보니 목숨 줄인 생업을 쫓느라 종종거리며 살아온 듯싶다. 좀 더 넓은 집을 얻고자 애를 쓴 것이 아니다. 남들보다 비싼 자동차와 좋은 옷을 입고자 치열하게 살아왔던 것은 더더욱 아니다. 낯선 세계의 도전은 고사하고, 제 목숨 부지하고자 일을 찾아 애가 탈 뿐이었다.

두 딸의 손을 잡고 마주한 세상은 녹록지 않았다. 누구에게도 허둥대는 모습을 보이고 싶지 않아 때론 오기도 부렸다. 매 순간 강해지고자 마음을 다잡았고, 그래도 두려움이 일면 들길을 달려 마음을 다독였다. 하지만, 스스로 생계란 목숨 줄에 친친 감겨 벗어나지 못한 채 제자리를 맴돌았다. 나에게 수탉의 거침없는 도전이 절실하던 터였다.

생명 앞에선 미물인 닭도 인간과 별반 다르지 않으리라. 알을 품은 어미 닭은 모이를 먹을 때 외엔 둥지를 떠나지 않는다. 심지어 잠을 잘 때도 알을 품은 채로 잠이 든다. 새끼 외에 그 어떤 것도 욕심내지 않는다. 오직 알이 깨어 병아리가 되기를 염원할 뿐이다. 나 또한, 아이들을 온전히 지키고자 개인의 삶은 세상 밖으로 내던졌다. 어설픈 감상이나 불평불만을 할 여유도 없었고, 한낱 감정 타령은 사치라고 여겼다. 가장의 빈자리와 세 명의 목숨을 위하여 옥석을 가릴 여유가 없었다. 지난한 환경이 홀로 두 아이를 키우기에 역부족이었지만, 어미의 역할을 포기할 수 없었다.

다행히 두 딸은 부족한 보살핌에도 밝은 모습으로 자랐다. 새벽일을 마치고 돌아와 서둘러 아침을 준비하였다. 아이들에게 부족한 사랑을 아침밥으로 대신이라도 할 양 바지런을 떨었다. 그렇게 다시 일터로 부리나케 향하던 참이었다. 먼지가 뽀얀 자동차 유리창에 언뜻 무언가 보였다. 어둠이 채 가시지 않은 새벽 가로등 불빛에 보이는 것은 '엄마 사랑해!'라고 또박또박 써놓은 문자였다.

작은 녀석의 필체였다. 평소 표현이 적어 '시크소녀'라고 부르는 녀석에게 사랑 고백을 받으니 가슴이 뭉클했다. 아마도 학교를 마치고 오던 길에 적어놓았으리라. 병아리만 같았던 딸아이가 벌써 어미를 위로해줄 정도로 성장한 것 같아 기특하였다. 딸에 무언의 표현은 천근같이 무거운 몸을 일으켜 새벽길을 달려도 지치지 않을 활력소가 되었다. 꿈쩍하지 않을 것 같았던 시간은 거침없이 흘러갔다.

큰딸이 둥지를 떠나던 날 모습이 아직도 눈에 선하다. 안정된 직장을 마다하고 새로운 일에 도전하겠단다. 처음엔 무모하다고 생각했다. 경쟁이 치열한 광고계에 뛰어든 아이가 불안하지만 내색하진 않았다. 아이가 대학 시절 내내 몰입하던 분야였기 때문이다. 딸은 내로라하는 공모전에서 대상을 받고 외국 연수도 다녀왔다. 그러나 자신의 꿈을 접고 직장을 택한 건 엄마와 동생을 염려한 결과였으리라.

딸은 대입 시험 준비도 홀로 무진 애를 썼다. 엄마의 경제적 짐을 덜어 주고자 학원도 가지 않던 녀석이었다. 수능시험을 몇 달 앞둔 어느 날 독서실에 가고 싶다고 말하였다. 최선의 노력을 한 다음에야 다른 대안을 찾는 아이인지라 이번 일도 쉬이 결정하진 않았으리라. 그렇게 딸의 새로운 도전이 시작되었다.

내 눈에 사회자로 선 딸의 모습이 제일 먼저 들어왔다. 연말 회사에서 주관하는 소외된 이웃을 위한 자선경매 자리였다. 큰 무대는 아니었지만, 자신의 자리를 굳히는 딸이 기특하였다. 아비의 부재와 어미의 나약함에 큰아이는 스스로 자신을 지키고 살아가는 법을 터득하였나 보다. 막막한 현실을 탈출하고픈 의지는 누구보다 강했으리라. 그 덕분인가, 자신의 미래를 지키고자 도전하는 발길에 거침이 없었다. 과연 엄마보다 용기가 넘쳤다.

딸의 모습은 좌중을 이끌고 있었다. 그날 자선행사가 대성황이었다며 보내온 영상에는 마치 수탉이 풀밭을 누리듯 활기가 느껴졌다. 아마도 행사를 준비하고자 녀석은 많은 시간 무던히 애를 썼으리라. 딸의 당찬 모습에 눈물이 왈칵 쏟아졌다. '삶이 고단하다고 절망하지 않아 고맙다. 단단한 세상의 철조망을 뚫고자 도전을 포기하지 않아 고맙다.'라고 딸에게 말하듯 중얼거렸다. 아이는 이제 걱정하지 말고 용기를 내라는 듯 화면 가득 환하게 웃고 있었다.

내가 머문 세상을 돌아본다. 나는 한동안 세상 속 두려움이란 감옥에 자신을 유폐시킨 듯싶다. 두려움은 실상 그 높이가 아닐지도 모른다. 차마 그 깊이를 바라보지 못하고 지레짐작 느끼는 공포감이리라. 수탉의 탈출과 딸의 거침없는 모습이 나를 일깨운다. 이제 딸들에게 진정 원하는 삶을 살아가는 엄마의 모습을 보여주고 싶다. 마음 깊이 숨죽인 모든 감각과 의지를 일깨우리라. 꿈을 마음껏 펼쳐 보고픈 강한 의욕이 불붙듯 일어난다.

마당을 가로지르는 수탉의 자태가 늠름하다. 먹이를 사냥하고자 흙을 헤집는 발길질에도 힘이 넘친다. 울안에만 머물렀다면, 흙 속 산해진미와 새싹의 향긋함을 어찌 맛보았겠는가. 비록 수

닭의 일생이 인간을 위해 존재한다고 하나 삶을 선택할 권리는 오직 자신에게만 있다. 불굴의 도전이 있었기에 울안이 아닌 풀밭의 터전을 얻은 셈이다.

용기도 절망도 자신의 마음에 달려 있다. 삶에서 쉽게 얻어지는 것이 어디 있으랴. 고통의 원인은 누구보다 본인이 잘 알고 있으리라. 그러니 극복하는 일 또한, 스스로 감당해야만 한다. 모난 돌이 몽돌이 되기까지는 거친 물길에 쓸리고 부딪히는 고난의 시간을 이겨내야 한다. 머물러 주춤거린다면 무엇 하나 얻을 수 없으리라. 수탉의 몸부림에서 포기하지 않고 세상으로 나아가고자 하는 거침없는 도전정신을 깨우친다.

세상은 두려움이 아닌 도전의 장이다. 웅덩이에 고인 물은 썩게 마련이다. 끝없이 물길을 다독여 강으로 바다로 주저 없이 나아가야만 한다. 저기 붉은 볏을 꼿꼿이 세운 수탉이 걸어오고 있다. 마치 각자의 위치에서 최선을 다한 딸들이 엄마에게 걸어오는 모습만 같다. 이제 딸들에게 나의 참모습을 보여 줄 차례다. 가슴에 품은 꿈을 향하여 신발 끈을 단단히 묶는다.

전북도민일보 2019년 신춘문예 당선작
《문장》 2019년 여름호. 《에세이21》
《에세이포레》 2019년 봄호 신인상

장비 타령

    채소를 다듬어 놓은 김장거리가 수북하다. 찹쌀풀도 쑤어 식힌다. 고춧가루는 채소 육수에 불려 놓고 무채를 썰고 있던 참이다. 칼날이 무뎌 무가 칼을 써는 것인지 칼이 무를 써는 것인지 죄 없는 손가락만 곤욕을 치른다. 검지 아래쪽 피부가 빨갛다.

    칼을 아쉬운 대로 숫돌에 갈아 본다. 하지만, 말이 칼을 가는 것이지 실상은 칼 가는 법을 모르니 칼날의 상태는 변화가 없다. 무 몇 개를 썬 것뿐인데 손가락은 물집이 반점처럼 잡힌다. 때마침 문자를 주고받던 선생님께 투정을 부리듯 이야기하니 '샘, 장비 타령은 아니죠.'란 답글에 한바탕 웃는다. 허를 찌르는 말이지 않은가. 칼이 무딘 걸 모르고 있던 것도 아니다. 미리 칼을 갈든가 새 칼을 장만했어야 했다. 장비도 제대로 준비하지 않은 채 무뎌진 칼날만 탓했으니 장비 타령이 아니고 무엇이랴.

배추를 절이는 과정이 작은 아파트 공간에서는 쉬운 일이 아니다. 하여 절인 배추로 준비한다. 하루 전 시장에 들러 사 온 싱싱한 갓과 골파, 무를 채 썰어 양념과 적당한 비율로 섞어 김장 속을 만든다. 큰딸은 시작도 전에 절인 배춧잎에 속을 싸 맛을 본다. 녀석은 이 맛에 김장을 함께한다며 너스레를 떤다. 새벽부터 시작한 김장은 점심시간을 훌쩍 넘긴 후에야 끝이 났다. 무딘 칼날로 무채를 써느라 손가락에 상처는 남았지만, 김치가 가득 담긴 통들을 보니 뿌듯하다. 이것으로 겨울 김장은 완벽하다. 마지막 배추포기에 참기름과 깨소금을 넉넉히 넣은 겉절이와 푹 삶은 수육으로 점심을 대신한다. 뒷정리하고 쉬려다 딸과 함께 데이트하고자 집을 나선다.

찻집 창가 너머 숲속은 안개가 자욱하다. 금방이라도 신선이 흰 수염을 길게 늘어뜨리고 나타날 것만 같다. 얼마 전 지인과 다녀간 산골 책방 분위기가 좋아 녀석에게 보여주고 싶었다. 책을 보며 따뜻한 차를 마시고 평온한 시골 풍경에 머물 수 있는 작은 서점이다. 책방을 돌아본 녀석이 슬쩍 책 한 권을 내민다. 겉표지에 크고 작은 직사각형 도형이 그려진 ≪따로, 또 같이 살고 있습니다≫란 제목에 내용은 다소 건조할 것만 같은 책이다.

작가의 약력을 보니 아파트 관리사무소에서 십여 년을 넘게 근무한 관리소장이다. 책장을 한 장 한 장 넘기다 보니 첫 느낌과는 달리 내용에 빠져든다. 그러다 문득 사람도 사회를 이끄는 중요한 장비란 생각에 이른다.

인간은 함께 살아가는 사회에 없어선 아니 될 구성원이다. 아니 더없이 중요한 인적 장비이다. 나의 직장은 아파트 관리 사무소이다. 회계 업무를 담당하지만, 일은 그것에만 국한되지 않는다. 민원의 종류에 따라 적절하고 친절히 응대해야 한다. 어느 날은 감정이 격해진 민원인을 응대하느라 진땀을 빼기도 한다. 아파트 커뮤니티센터의 다양한 프로그램과 많은 수강생을 관리하는 일도 중요한 업무이다.

주민과 하루도 마주하지 않은 날이 없다. 가끔은 입주민에게 멱살을 잡히는 남자 직원도 있다. 불만을 토로하다 격해진 감정이 폭발한 탓이다. 관리사무소는 입주민의 생활을 돕고자 존재한다지만, 모두를 만족시키기란 쉽지 않은 일이다. 아파트 단지의 작은 평화도 누군가의 보이지 않는 배려와 인내로 가능하다는 것을 알아주면 좋으련만, 그것은 나만의 욕심일까.

관리소 직원은 눈이 내리는 날이면 정신이 없다. '산과 나무에 내려앉은 눈은 정말 멋지지만, 아파트 바닥에 내린 눈은 웬수입니다.'란 작가의 글이 모든 상황을 대변하는 것만 같다. 아파트 입구에 염화칼슘도 뿌려야 하고 자동차가 밟아 들인 눈으로 물바다가 된 주차장은 서둘러 닦아야 한다. 눈이 왔다고 즐거워할 여유가 없다. 행여 눈싸움하던 아이나 연로한 주민이 미끄러지기라도 하면 큰일이다. 온 정신이 눈 쌓인 단지 곳곳을 살피느라 소복이 내려앉은 눈을 즐길 여유가 없다.

아나운서가 드디어 첫눈이 내릴 거라며 들뜬 목소리이다. 하지만, 내 처지에선 마음이 들뜨고 좋아할 일만은 아니다. 날씨예보를 듣는 순간, 나만이 아닌 전국의 아파트 관리소 직원은 긴장하리라. 우리 아파트에서는 다행히 동절기 장비들을 미리 준비해둔 참이다. 당직자는 이 시간 적당한 위치에 염화칼슘과 장비를 비치하느라 몸과 마음이 부산할 터이다. 결코, 첫눈이 즐겁지만은 않을 동료에게 마음으로 응원을 보낸다.

또 다른 동료에겐 책의 본문 몇 장을 핸드폰 카메라로 찍어 전송한다. 며칠 전 좋지 않은 일로 시름에 젖은 동료이다. '사람 사는 것이 다 똑같은가 봐요. 서점에서 이런 글을 발견했어요.'란 문자도 곁들인다. 하지만, 매번 곤혹스러운 민원만 받는 것은 아니다. 직접 만든 반찬도 가져오고 외출했다 돌아오는 길에 사 왔다며 간식거리를 두고 가는 마음 따뜻한 분이 더 많다. 하루도 조용할 날 없는 직장이지만, 주민을 친절히 맞이하고 응대할 수 있는 마음의 장비 또한, 그들에게서 얻는다.

　손가락에 부풀어 오른 물집을 살핀다. 장비를 제대로 준비 못하여 생긴 상처이다. 하지만, 가족들이 겨우내 먹을 양식을 만반으로 준비하였으니 헛된 상처는 아니다. 덕분에 바빠서 자주 볼 수 없는 딸의 얼굴도 덤으로 보았으니 좋다. 녀석이 고른 책 한 권을 계산하고 기분 좋게 산골 책방을 나선다. 내일은 출근길에 먹음직스러운 겉절이를 좀 챙겨야겠다. 동료들과 점심을 먹으며 '관리소에 내리는 눈은 웬수'라고 외친 관리소장이 쓴 책 이야기도 들려주리라. 물론, 예상치 못한 민원에도 당황하지 않고 슬기롭게 대처할 수 있도록 마음의 장비도 단단히 챙긴다.

- 《수필세계》 2021년 봄호

콜라

물 한잔으로 미처 깨우지 못한 선잠을 떨친다. 몸 안의 세포들이 그제야 부스스 잠에서 깨어난다. 잠시 숨을 고르고 물이 입안을 감돌다 목울대를 넘어가는 흐름을 느낀다. 가슴을 지나 위장을 휘도는가 싶더니 속이 시원하다. 힘없이 부러진 갈비뼈에도 맑은 기운을 전달하면 좋으련만, 가슴 속은 알 길이 없다. 하지만, 맑은 물 한 잔으로 시작하는 아침이 새뜻하다.

따끈하게 데운 우유를 준비한다. 냉동실에 얼려둔 떡 한 조각도 녹여둔 참이다. 탄산음료를 자제하며 아침을 먹지 않던 습관을 바꾸는 중이다. 생수의 깔끔한 맛과 우유의 고소한 맛을 이제야 느낀다. 톡 쏘는 강렬한 탄산에 길들었던 미각이 조금씩 단순한 맛에 적응한다. 힘없이 부러진 갈비뼈도 붙고 있으려나. 그동안 거침없이 마신 콜라와 이별을 서두른다.

십오 년 가까이 동거한 류머티즘이 심통을 부린다. 예리한 부리로 나무둥치를 마구 쪼아대는 딱따구리를 닮았는지 놈이 관절 곳곳을 사정없이 쪼아댄다. 녀석의 공격에 잠을 이룰 수 없다. 제 존재를 잊지 말라는 엄중한 경고인가. 관절 곳곳을 헤집고 공격하나 반응 없는 몸주에게 고지혈증과 골다공증이란 새로운 병기로 한 방 먹인다. 공격의 강도 또한 과격해진다. 멀미가 나듯 속이 매스껍다.

냉장고에서 음료수를 꺼내 병 채로 벌컥벌컥 마신다. 톡 쏘는 탄산이 전력 질주하듯 목을 지나 가슴속까지 단번에 다다른다. 남은 콜라를 컵에 따르자 탄산 거품이 튀어 오르는 모습이 마치 불꽃놀이를 보는 듯하다. 탄산의 강렬한 기운이 골다공증으로 뻥뻥 뚫린 뼈 마디마디를 속속들이 채워준다면 얼마나 좋으랴. 간절한 나의 마음이 통한 것일까. 신기하게도 매스꺼움과 통증이 금세 사라지는 듯하다.

관절이 쑤셔대면 습관처럼 콜라를 찾는다. 속이 메스꺼워도 콜라부터 꺼내 마신다. 입안이 심심해도 찾고 목이 말라도 마신다. 기분이 좋아도 기분이 나빠도 냉장고 문이 닳도록 찾는다. 콜라의 톡 쏘는 탄산이 콕콕 쑤셔대는 관절과 예민해진 신경까지 진정시키는 듯하다. 하지만, 그것의 숨은 속내를 더는 외면할수 없는 실정이다. 연이은 골절상으로 경고를 받았으니 어찌 더외면할 수 있으랴.

　나만의 착각이다. 그동안 녀석의 공격성을 애써 외면했다. 콜라의 유해성을 증명하고자 생선의 뼈를 콜라에 담가 두고 지켜보던 이를 기억한다. 얼마의 시간이 지난 뒤 생선의 뼈는 날카로움이 사라지고 녹아 없어진 뼈도 있다. 사람의 뼈인들 어찌 다를수 있으랴. 통증을 잊고자 마신 콜라의 독기 어린 또 다른 얼굴이다. 중년의 배처럼 불뚝한 대용량을 매일 마신다는 말에 지인은 입을 다물지 못한다. 나 또한, 이제야 녀석의 내면과 마주할용기를 낸다. 그와 마주할수록 뜻 모를 배신감마저 느낀다.

　의사가 가리키는 엑스레이 사진에 부러진 갈비뼈의 모습이 선명하다. 그것도 하나가 아닌 두 대이다. 이미 한차례 부러진 갈비뼈로 고생했던 참이 아닌가. 친구들과 떠난 여행은 통증 없이잘 지냈다. 그러나 돌아오는 비행기 안에서 조금씩 느껴지던 통증은 공항에 도착하자 점점 강도가 심해져 숨쉬기조차 힘겹다. 여행지에서 가슴 쪽에 몇 번 통증이 느껴졌으나 지난번 골절 후유증이라 여긴 탓이다. 불길한 생각에 집으로 향하지 않고 병원을 찾는다. 의사는 골다공증으로 인하여 뼈가 쉽게 부러질 수 있으니 조심하란다. 류머티즘 치료제에 의한 후유증이라고는 하나 마음이 개운치 않다.

골다공증은 톡 쏘는 탄산의 유혹을 외면하지 못한 탓이다. 그것이 둥치처럼 튼튼해야 할 뼛속 진액을 사정없이 공격하니 어찌 멀쩡할 수 있으랴. 콜라의 독성을 알고도 외면한 내 탓이 크다. 멀쩡한 이들이 사기꾼에 당하는 이유가 무엇이랴. 그 위험성을 알고도 애써 외면을 했거나 더 많은 것을 얻고자 부린 욕심 탓이 아니겠는가. 강렬한 맛에 취해 녀석의 이중성을 외면한 내 모습과 무엇이 다르랴. 이제 더는 놈의 감추어진 모습을 눈감아 줄 수 없다. 혀끝의 달콤한 유혹에서 벗어나지 못한다면, 내 몸에 어떤 불상사가 닥쳐올지 정말 모를 일이다.

습관을 바꾸는 일이 어찌 쉬우랴. 콜라를 단숨에 마셔대던 것과는 달리 물은 한 컵을 마시기가 쉽지 않다. 고민 끝에 탄산수로 대신하나 그도 다르지 않다는 말에 고민한다. 콜라도 탄산수도 금하고 생수 마시기에 도전한다. 별처럼 쏟아지던 상쾌함과 우울한 기분을 달래 줄 달콤함이 없다. 그 모두가 사라진 맹물이 처음에는 목젖에 걸려 넘어가지 않는다. 책을 읽다가 텔레비전을 보다가 수시로 냉장고 문을 열어젖힌다. 콜라를 무의식중에 찾는 행동이다.

탄산을 멀리한 지 삼 주이다. 쉽게 끊으리라 여긴 생각은 처참히 부서진다. 음료수를 찾는 내 모습은 마치 세 살짜리 아이가 엄마를 잃은 듯 좌불안석이다. 내 행동을 바라보고 있던 딸과 눈이 마주쳐서야 퍼뜩 정신을 차리니 웃지 못할 일이다. 시작이 반이라 했던가. 그도 말처럼 쉽지 않음을 몸소 체험 중이다. 하지만, 어제보단 오늘이 견딜 만하듯 오늘보단 내일이 수월하리란 기대를 품고 힘겨운 줄다리기에 기운을 더한다. 오늘도 퇴근길 슈퍼 냉장고 앞에서 콜라와 눈싸움 중이다.

정녕 중독의 늪에서 빠져나오기란 쉽지 않다. 콜라는 "어서 마개를 따고 자신을 마시라."고 유혹한다. 긴 망설임 끝에 생수를 손안에 쥔다. 오늘은 내가 승리자이다. 대신 저녁 찬거리로 봄나물 봉지를 집어 든다. 봄기운 가득한 푸른 채소에 뼈를 튼튼히 할 성분이 많다니 봄나물로 건강밥상을 차릴 생각이다. 검은 탄산에 뚫려버린 뼛속 마디마디에 봄기운을 가득 채워주길 소원한다. 슈퍼 문을 나서려는데 냉장고 안에서 콜라병이 나를 째려보고 있다.

낯설게 보기

더벅머리 가발이 눈에 띈다. 화려한 의상은 사내의 몸에 착 달라붙어 몸의 곡선이 적나라하다. 짙은 화장에 높은 하이힐까지 신고 있다. 남을 의식하지 않는 듯한 그의 차림새에 나의 동공은 더욱 커진다. 여자가 아닌 남자라고 뾰족구두를 신고 치장하지 말라는 법은 없다. 하지만, 영상 속 모습은 파격을 넘어 호기심을 자극한다.

뜻밖에 민요 메들리가 흐른다. 한껏 꾸민 두 남자와 한 명의 여성 멤버로 구성된 공연은 반응이 뜨겁다. 민소매 드레스를 입은 여자는 무언가 마음에 들지 않는 듯 얼굴을 좌우로 흔들며 앙탈을 부린다. 남자는 클러치 백을 들고 무심한 듯 '왜에 에에' 응수한다. 하지만, 귀에 익숙한 가락이 흐른다. 한복 위에 두루마기를 입고 고수의 북장단에 맞춰 부르던 노랫가락이다. 빨간 하이힐을 신고 산발한 가발을 쓴 그가 부를 줄이야 예상치 못한 풍경이다. 모두의 고정관념을 깨치고 있는 이들은 이희문이 이끄는 국악 밴드이다.

이희문을 처음 보았던 곳은 작은 산사 음악회에서다. 고운 빛깔의 두루마기에 꽃신을 신은 사내들이 엉덩이를 실룩이며 방정맞게 춤을 추던 기억이 선명하다. 이어 젊은 선비들은 거침없는 절창으로 무대를 휘어잡았다. 기존의 무겁고 부담스러운 분위기가 아니다. 전통의 이미지를 벗은 그들의 신명 난 모습에 객석에선 환호성이 터진다. 산사음악회 마지막 무대에 오른 그들로 객석 열기가 다시 들썩인다.

국악 트리오 '놈놈놈'이다. '놈'이란 호칭은 흔히 상대를 낮잡아 하대하는 호칭이다. 하지만, 친구나 자식을 정겹고 허물없이 부르는 호칭이기도 하다. 팀 이름에 '놈' 자를 붙인 건 점잖게 체면을 차려야 한다는 고정관념을 깨치고자 한 의미인가. 그는 우리의 가락이 접근하기 수월하나 품격을 잃지 않는 방법이 없을까 끊임없이 고민했으리라. 일반 산사음악회와는 다른 모습에서 그가 잠들지 못하고 고뇌했을 수많은 밤을 짐작한다. 미국의 NPR 뮤직 '작은 책상 콘서트' 영상으로 그들을 다시 만난다.

고정관념을 깨치기란 쉽지 않다. 전통 가락에 대한 애정 없이 퓨전 음악을 한다고 열고났으면, 관객의 마음을 이토록 사로잡을 수 없었으리라. 본질에 대한 이해 없이 새로운 모습에만 연연했다면, '빛 좋은 개살구'에 머물 뿐이다. 아니, 국악의 격을 떨어트렸다며 혹독한 질타가 쏟아졌으리라. 그는 국악을 알리고자 무대의 격식을 따지지 않는다. 우리의 가락을 원하는 곳이라면, 소박하고 작은 무대라도 기꺼이 오른다. 그가 창과 민요에 얼마나 깊은 애정을 품고 있는지 알 것만 같다. 경기민요 명창인 어머니의 재능이 그의 몸속에 흐르는 것일까. 그는 서울국악제에서 당당히 대통령상을 받은 '경기민요' 전수자이다.

그가 처음부터 우리 가락에 관심을 두었던 것은 아니란다. 국악과는 거리가 먼 영상 미디어 전공자이다. 대중음악의 꽃, 뮤직비디오를 열정적으로 제작하던 재원이니 하마터면 국악계에서 그를 못 볼 뻔하지 않았던가. 민요는 민초들이 노동의 고단함을 잊고자 부른 노래이다. 예나 지금이나 사람들은 좋아하는 노래를 들으며 휴식도 취하고 때론, 고단한 일상도 위로받는다. 그가 공연을 준비하며 가장 우선시하는 것은 사람이란다. 그래선지 관객을 대하는 그의 순정한 마음이 느껴진다.

그는 자신을 스스로 B급 감성의 소리꾼이라 말한다. 요상한 모습으로 노래하고 춤추는 그를 보고 전통 국악계에서 왜 부정적인 시선이 없었으랴. 명창인 어머니는 아들의 낯선 모습에 더 깊은 고뇌에 빠졌으리라. 보통 사람이었다면 주저앉고 포기했을지도 모른다. 하지만, 그는 주변의 따가운 시선에 좌절하지 않고 오히려 도전하고자 하는 의지를 불태웠다. 또한, 변화만을 고집하지 않고 전통음악 연구도 꾸준히 이어오고 있다. 그의 특별한 행보에 누가 감히 그를 B급 감성의 소리꾼이라 부르랴.

발상의 전환은 끊임없는 도전에서 탄생한다. 정형화된 기존의 틀을 벗어나 새로운 모습을 보는 노력이 필요하다. 그러한 시도는 음악에서뿐만 아니라 문학에서도 감지된다. 최근 수필 문단에서는 신변잡기를 벗어나 소재의 다양성을 추구하는 글을 쓰고자 부단히 노력 중이다. 물상의 겉모습만 기록한다면 문학성은 없으리라. 이면에 깊숙이 숨겨진 의미를 발견하고 사유하여 자신만의 정서로 글을 써야 한다. 더불어 글 속에 화자의 철학을 녹여낸다면, 그만의 독특한 향기를 품은 글을 낳을 수 있으리라. 작가는 발상의 전환이라는 낯선 문을 끝없이 두드려야 한다.

다른 문학과 달리 수필은 일인칭 체험문학이다. 자신이 보고 경험한 이야기를 원고지 15매 전후해 함축적으로 풀어낸다. 수필은 소설보단 짧고 시 보다는 긴 분량이니 소설과 시를 아우른다고 볼 수 있다. 점점 빠르게 흘러가는 시대에 독자는 책을 볼 시간이 여유롭지 않다. 예전과 달리 문학의 취향도 호기심도 빠르게 변하고 있다. 책을 멀리하는 독자에게 호기심을 일으킬 발상의 전환이 절실하다. 소설은 점점 짧아지고 시는 운율을 벗어나 길어지는 현상이 이와 무관한 일이 아니리라.

책장에서 빨간색 표지의 책을 꺼내 든다. 까만 글씨로 빼곡히 채운 기존의 책을 벗어난 수필집이다. 책의 표지도 빨간색이라니 누구도 쉬이 선택하지 않았던 색이다. 작가는 책을 볼 시간이 넉넉하지 않은 현대인에게 책을 가까이하고 지루해하지 않도록 글 중간에 글의 소재가 된 사진을 곁들인다. 표지 또한, 서점을 찾은 이들의 시선에 확 띄도록 빨간색을 선택했다. 이 또한 책에 대한 기존의 상식을 벗어난 작가의 남다른 도전이다. 과연 저 붉은빛 속에 어떤 내용이 담겨있을까. 독자는 호기심 가득한 마음으로 책장을 넘기리라. 그들은 분명 책 속 작가와 떠나는 독서 여행에 신명이 났으리라.

보는 이의 호기심과 감성을 동시에 자극해야 한다. 글을 쓰는 작가와 공연을 하는 예술가는 자신만 보고자 글을 쓰고 공연하지 않는다. 글과 공연을 통해 많은 이들과 소통하기를 소원한다. 관심을 넘어 호기심을 일으켜야 한다. 기와지붕에 떨어진 소복한 매화 꽃잎을 보는 순간 결코 손에서 책을 놓을 수 없으리라. 또한, 더벅머리 가발 소리꾼이 신명나게 부르는 민요 가락에 엉덩이가 들썩이지 않을 관객이 누구랴.

낯설게 보기는 사물이나 관념에 대한 깊은 애정이 필요하다. 이면에 감춰진 진정한 모습을 보려면, 새로운 시선과 마음으로 소재와 마주해야 한다. 국악에 대한 깊은 사랑, 글에 대한 특별한 순정 없이는 새로운 해석과 풀이도 말 그대로의 낯설 뿐이리라. 무대 위의 화려한 모습도 빨간색 책 표지의 다채로운 내용도 그만의 각별한 애정에서 탄생한다. 늘 보아오던 어떤 물상과 사태를 새롭게 또한, 다르게 본다는 것은 쉽지 않다. 낯익은 세상을 낯설게 보는 꾸준한 연습이 필요하리라. 나 또한, 소재의 이면에 감춰진 진실을 보고자 버석거리는 마음을 정돈한다.

≪수필미학≫ 2021년 봄호. 통권 31호

후피만두

주홍빛 꼬리가 춤을 춘다. 곱게 빚은 주름 사이로 뾰족이 내민 꼬리가 하늘을 날아오르려는 듯하다. 얇디얇은 날개옷 사이로 속이 훤히 비치는 것은 괘념치 않는 듯하다. 하지만, 새우의 몸통은 보이지 않고 꼬리만 활개를 치는 듯 속 빈 강정이 아닌가. 고급스러운 접시에 새우만두가 나왔건만 맛은 보지 않고 녀석을 관찰 중이다.

허기를 채우고자 찾아든 맛집이다. 큰아이가 뮤지컬 공연을 보러 가기 전 밥부터 먹자며 데려온 곳이다. 식당 안은 주홍빛 새우 꼬리를 보고자 찾아 든 이들로 북적인다. 유리창 너머 훤히 보이는 주방은 만두를 빚는 손길들로 분주하다. 그 모습을 보니 문득, 스님께 만두를 빚어드리겠다고 수선을 떨던 일이 생각난다.

특식으로 만두를 준비하겠다고 기운차게 선언한 참이다. 마침 수도원에서 수련 중인 친구도 휴가를 맞아 와 있던 참이라 함께 하기로 한다. 하지만 내심 걱정이다. 말이 특식이지 만두라고는 만들어 본 경험이 없는 왕초보다. 무슨 용기로 말부터 했는지 걱정이 밀려온다. 문득, 후피만두를 경시한 조선조 진공순 선비 말이 생각난다. 겉은 그럴싸하나 피가 두껍고 속이 무른 만두는 맛이 없단다. 선비가 경시했던 후피만두가 되진 않을까 걱정이 커진다.

만두피는 직접 밀대로 밀어 빚는다. 만두 속은 스님께 드리는 공양인지라 향신료를 넣을 수 없다. 묵은김치를 꺼내 다지고 당면과 표고버섯을 넉넉히 넣는다. 몇 가지 양념을 더하고 특별히 땅콩을 다져 마무리한다. 만두 속 재료가 초라하나 마땅히 추가할 재료가 떠오르지 않는다. 모양만큼은 예쁘게 빚어 그 부족함을 만회하는 수밖에 없다.

스님은 오랜만에 만두를 맛본다며 특별식에 대한 기대가 크신 듯하다. 하지만, 설상가상 만두피마저 마음대로 밀어지지 않아 애를 태운다. 마음은 쥐구멍에라도 들어가고 싶은 심정이다. 이러구러 상위에 오른 만두는 비뚤어지고 터지고 제대로인 것이 하나 없다. 말 그대로 후피만두다. 안절부절못하는 내 마음을 알리 없는 스님과 수녀님은 맛나다며 달게 드신다. 수도 생활에 얽힌 이야기를 주고받으며 즐거워하시니, 그나마 다행이라 해야 하나. 홀로 부끄러워 붉어진 얼굴을 감추어 주려는가, 절집 마당으로 붉은 노을이 소리 없이 내려앉는다.

최근 내가 사는 지역에는 집중폭우로 인해 피해가 엄청나다. 하천이 범람하고 무너진 토사가 집과 사무실을 덮친다. 아수라장이 된 생활 터전을 어찌지 못하고 수재민들은 망연자실 발만 동동거리는 상황이다. 지인은 직원들과 합심하여 당장 필요한 생활용품과 수해복구 용품을 준비해 수해 지역으로 향한다. 토사도 치우고 생필품들을 정리하며 보았던 상황을 들으니 안타까움이 더한다.

수해 지역을 찾은 이들이 모두 이들만 같다면 얼마나 다행이랴. 삽을 드는 모습을 촬영하고 반짝반짝 윤이 나는 구두를 신은 채 찾아온 이들은 장화도 제대로 신을 줄 모르는 귀하신 분들이다. 수해 복구는 고사하고 어르신을 수행하고자 따라온 사람들로 수해 복구 현장은 더 어수선하다. 겉이 두껍고 속이 빈 후피만두는 음식에 국한된 예는 아닐 것이다. 이들의 모습이야말로 겉은 두껍고 속은 무른 후피만두와 무엇이 다르랴.

나의 삶은 어떤 모습일까. 오랫동안 감추고 싶은 일상을 남들이 알까 두려워 두꺼운 껍질 속에 꼭꼭 감추고 지냈다. 새우 꼬리와는 다르게 몸과 꼬리를 깊숙이 숨긴 채 겨우 숨만 쉬었다. 하지만, 최근 수필을 만나 조금씩 감추고 숨겼던 일상을 조심스레 불러내는 중이다. 어둠에 묻혀 다듬어지지 않은 날것들이 마치 제 세상을 만난 듯 들썩인다. 아직은 사유가 부족하여 어설프고 얕은맛의 후피만두만 같다. 두꺼운 껍질 속에 숨어있던 또 다른 나를 불러내는 작업이 쉽지만은 않다. 다만 스스로 깨우침 없이는 화려할지언정 깊은 울림은 줄 수 없으리라. 나만이 맛보여 줄 수 있는 솔직 담백한 글을 쓰고자 노력한다.

겉과 속이 다른 것이 만두뿐이겠는가. 사람의 겉모습만 보고 현혹되는 일이 종종 있다. 우락부락하고 무서운 인상을 주는 사람이 더없이 알차고 지혜로운 이가 얼마나 많은가. 반면 겉모습은 온화하고 화려할지언정 정 없이 차갑고 표독한 사람도 있다. 상대를 섣불리 판단하지 말아야 하는 이유다. 만두피가 두껍다고 타박 말라. 피가 두꺼운 만두는 구워 먹으면 바삭하니 또 다른 맛이 있다. 요리 방법을 달리하면 못난 만두도 맛난 성찬이 될 수 있다.

만두피가 얇거나 두꺼운 것이 문제가 아니리라. 속 재료로 담백한 맛과 온기를 품어야 한다. 사람이라면, 더욱 겉치레가 아닌 내면의 소리에 귀 기울이는 연습이 필요하리라. 금전과 권력이 아닌 마음으로 세상을 움직이는 삶이야말로 인간의 가장 아름다운 모습이 아니겠는가. 후피만두가 바삭한 튀김으로 새로운 변화를 꿈꾸듯 나의 삶도 변신 중이다.

우여곡절 끝에 만두 파티를 마무리한다. 볼품없는 후피만두를 만들어 공양했지만, 스님도 수녀님도 못난 만두에 마음을 두지 않는다. 붉게 물든 석양 아래 두 수도자의 이야기는 더없이 정겹게 흐른다. 스님이 따라 주신 찻잔 속에는 새우 꼬리보다 고운 분홍빛 매화꽃이 피어오른다. 둘러 앉은 이들의 얼굴도 노을인 듯 인향인 듯 볼그레하다.

≪에세이포레≫ 2020년 봄호
≪에세이포레≫ 2021년 작품상

똥고집

꽁지머리를 질끈 동여맨다. 짧은 머리칼을 묶기가 수월치 않다. 가까스로 모아 쥔 머리칼을 검정 고무줄로 두어 번 감는다. 한데 묶이지 않고 삐져나와 목을 간지럽히는 머리카락은 실 핀으로 고정한다. 민머리처럼 실 한 오라기 없는 두상이다. 이제야 어수선하던 몸과 마음이 평온해진다.

긴 머리카락을 자른 것이 얼마 전이다. 외모가 바뀐 모습을 본 지인들 반응이 다양하다. 젊어 보인다며 '진즉에 그럴 것이지'라 반기는가 하면, '예쁜 머리칼을 왜 싹둑 잘랐느냐'며 아쉬워하는 이도 있다. 딸의 반응은 그들보다 직설적이다. '엄마는 엄만데 새엄마 같잖아.'라며 호탕하게 웃는다. 엄마의 짧은 머리 스타일이 영 적응키 어려운가 보다. 평소 산만한 곱슬머리를 정돈하고자 길게 기른 머리칼을 끈으로 묶거나 쪽을 지어 비녀 꽂기를 즐겼다.

최근 미용사의 말에 솔깃하여 긴 머리칼을 자른다. 근래에 머리숱이 눈에 띄게 줄고, 흰 머리칼이 보여 거푸시시하던 참이다. 그런 마음을 알기라도 하듯 머리칼을 짧게 자르고 파마를 하면, 숱도 많아 보인다고 권한다. 그녀의 말대로 파마를 하고 나니 풍성해진 모습이 마음에 든다. 하지만, 거금을 들인 노력도 잠시 한 달을 넘기지 못하고 도로 제자리이다.

나는 쉽게 변화를 받아들이지 못하는 성격이다. 사람의 인연과 스타일, 습관도 쉽게 바꾸지 못하여 고집스럽다는 말을 듣는다. 새것에 익숙하지 못한 성격 탓이리라. 집안의 가구나 옷도 쉬이 바뀌질 못한다. 셔츠를 이십 년째 입고 있는가 하면, 화장대 대신에 사용하는 원목 탁자는 삼십 년을 넘게 사용하고 있다. 그뿐인가, 십수 년을 넘은 살림살이가 한두 개가 아니다.

문득 나와는 비교도 못 할 고집불통의 서점 주인이 떠오른다. 우직스럽게 한 우물만을 파고 있는 분이다. 서점에 들어서자 이곳을 서점이라 불러야 할지 도서관이라 불러야 할지 적잖이 혼란스럽다. 장소에 놀라고 모습에 놀라고 또한, 그 방대함에 기가 눌린다. 서점이라 하나 반짝거리는 대리석 바닥도 고급스러운 책장도 보이지 않는다. 산골짜기 계곡에서 들려오는 물소리에 흙바닥이 그대로인 서점이다. 제재소에서 나온 나무판자를 손질 없이 맞대어 박은 것이 그곳의 책장이다. 셀 수 없이 많은 책장을 빼곡히 채운 것도 모자라 구석구석 서자 취급을 받듯 책이 무덤처럼 쌓여있다.

　도시에서 경영하던 서점을 통째로 산속으로 옮겨 놓았다고 한다. 세월의 뒤편으로 밀려난 서점을 접을 순 없었단다. 그렇다고 도시에서 버티기엔 자금난이 여의치 않았으리라. 사장은 자리에 없고 아들이 자리를 지킨다. 이 책방은 책이 방대하여 주인만이 책을 찾을 수 있단다. 지인이 찾는 책에 묻은 먼지를 툭툭 털어내며 무심한 듯 말한다. 아버지의 고집에 여기까지 왔다며 '책을 통째로 인수하고 싶어 한 분도 있지요.'라며 말을 잇는다. 돈을 생각했다면 그리했으리라. 하지만, 아버지는 그런 제안을 단칼에 거절했단다.

　아들은 아버지의 고집을 당할 자가 없다며 손사래 친다. 대학가에서 손수레에 책을 싣고 장사를 시작한 그 시절에도 아버지는 인기 있는 책보다는 수입이 적은 전문 서적만을 취급했단다. 경제적 이득보다는 자신의 신념을 지켜 온 분인 듯하다. 아버지의 고집에 손사래 치는 아들이지만, 깊은 산골서점을 묵묵히 지키는 그의 모습에서 아버지에 뒤지지 않을 고집이 느껴진다.

책방은 산골과 자연스럽게 어우러진다. 서점 가득 들어찬 계곡 물소리를 상상해 보라. 상상하기 힘든 일이 그곳에서는 가능하다. 또한, 울퉁불퉁 못난 바위가 창을 뚫고 서점 안으로 들어와 있다. 건물을 지으며 바위를 들어내지 않고 자연지형을 그대로 살린 것이다. 주인장의 고집이 여기에도 고스란히 드러난다. 굳이 없음을 만들지도 않거니와 있는 것을 없애지도 않는다. 더구나 바위를 타고 산골짜기 물이 서점으로 흐른다. 여름엔 냉장고 대신 계곡물에 음료수를 담그면, 서점을 찾는 이들이 시원하게 목을 축인다. 주인장의 지혜로운 고집이 빛을 발한다.

아직도 산속 서점 어린 사장의 모습이 눈에 선하다. 그는 평생 우직스럽게 서점을 지켜온 아버지의 삶을 닮아가고 있다. 그들의 대를 이은 고집 덕분에 독자들은 구하기 힘든 귀한 책을 볼 수 있으니 얼마나 고마운 고집인가. 입소문을 타고 산속 서점을 찾는 이들이 점점 늘어난다. 하지만, 산골서점을 찾는 이가 늘어날수록 주인장의 시름도 깊어진다.

책방 벽면에 '인생 샷이 아닌 인생 책을 찾으세요.'라는 문구가 눈길을 잡는다. 귀하고 신비스러운 책방 분위기를 사진에 담고자 찾아든 이들을 향한 외침이다. 그들은 독자에게 귀한 책을 전하고자 한 의도와 달리 책에는 관심이 없다. 부산스럽게 셔터를 눌러대는 소리에 주인장의 마음은 불편해진다. 무엇보다 책이 훼손되는 경우도 왕왕 일어나기 때문이다. 평생 흔들림 없는 고집으로 서점을 지켜온 주인장의 고초가 한 줄의 글귀에 고스란히 담겨있다.

거울에 비친 모습을 보니 묶인 머리칼 사이로 하얀 머리칼이 희끗거린다. 돌아오는 휴일엔 미용실에 가고자 시간을 비워두리라. 아마도 미용사는 기어이 머리를 묶었느냐며 '언니의 똥고집을 누가 말려'라며 핀잔을 줄지도 모른다. 하지만, 어쩌랴. 남들이 아무리 좋다 한들 스스로가 불편하면 방법이 없질 않은가. 남을 의식하지 않고 살아가는 내 의지가 중요하다. 남이 똥고집이라 한들 부끄러워할 일은 아니다.

전문 서적을 고수하다 산골로 밀려난 책방주인의 고집을 감히 똥고집이라 칭할 순 없다. 고집도 고집 나름이다. 고집을 부려 세상의 변화를 이끈 이가 어디 한 둘인가. 또한, 똥고집이라 해도 모두가 쓸모없는 건 아니다. 머리칼을 묶으니 산만하지 않아 좋고, 파마 덕분에 머리숱이 풍성하여 좋으니 이만하면, 고집쟁이가 변화를 시도한 보람은 있지 않은가.

≪수필미학≫ 2019년 가을호

자리

불빛 탓인지 깊이 잠들지 못한다. 한참을 뒤척이다 잠자길 포기한다. 창밖 산책로에 가로등 불빛이 환하다. 낮의 모습과는 달리 의자와 가로등 두 물상만이 어둠을 비켜서 있다. 나그네의 쉼터인 의자와 어두운 산책길을 밝히는 가로등, 특별할 것 없는 두 물상의 조화가 새삼스럽다.

불빛 때문에 잠을 못 이룬다는 말은 핑계이다. 며칠간 신경 쓸일이 많아 생각이 많아진 탓이다. 휴일에 집안일을 제쳐두고 깊은 잠에 빠진다. 주말 내내 누운 자리에서 꼼짝 않았으니 밤이 온들 잠이 오겠는가. 바늘처럼 날카롭던 신경은 느슨해졌으나 몸 안의 스트레스가 한순간에 사라지랴. 충분한 휴식으로 몸과 마음은 한결 가볍다. 어둠이 내려앉은 호젓한 산책로 풍경을 바라보다 의자에 마음이 머문다.

　평소엔 눈에 들지 않던 의자이다. 이곳에 오래 살았지만, 의자에 쉬어가는 사람을 본 기억이 별로 없다. 직장을 다니느라 산책로 걸을 시간이 적었기 때문이리라. 창밖을 바라다보는 시간 또한, 늦은 저녁이나 한가한 주말뿐이다. 산책로의 수종은 벚나무와 단풍나무, 향나무라 계절마다 보기가 좋다. 덕분에 멀리 가지 않아도 시시각각 변하는 풍경을 누리기에 부족함이 없다. 몇 해 전인가. 눈꽃 핀 설경을 찍으려다 핸드폰을 떨어트려 놀란 적이 있다. 아파트 육 층에서 떨어진 탓에 핸드폰 수리비가 적잖이 들었지만, 그날의 아름다운 설경을 수시로 즐긴다. 산책로 긴 의자는 불현듯 나를 유년 시절 고향 집 마당으로 부른다.

　아버지는 더위를 피해 마당에 멍석을 깐다. 이어 어머니는 소쿠리 가득 찐 옥수수를 내온다. 저녁을 먹은 후이지만, 누구도 배부르단 말 없이 달게 먹는다. 하늘에선 무수한 별들이 금방이라도 쏟아질 것만 같다. 우리는 옥수수를 입에 문 채 서로 별자리 이름을 대느라 목소리를 높인다. 별자리의 이름을 몰라도 대수롭지 않은 호시절이다. 우린 그렇게 재잘거리다 멍석 위에서 종종 잠이 들곤 했다.

　멍석은 평소 외양간 벽에 돌돌 말린 채 걸려 있다. 가족들이 시간을 보내거나 잔치가 있을 때 멍석을 내려 마당에 펼친다. 그런 날엔 나도 덩달아 신이 났다. 맛나고 푸짐한 먹을거리는 덤으로 따라오기 때문이다. 짚으로 엮은 멍석에 고추 등 곡식을 말리고자 깔아두기도 하나 울퉁불퉁한 홈이 많아 곡식을 널기엔 적당치 않다. 멍석은 투박하고 거칠어도 여럿이 둘러앉아 시간을 보내기에 최고의 자리였다. 멍석에 둘러앉아 보냈던 가족들과의 추억은 내게 더 없을 소중한 시간이다.

멍석은 이제 그 흔적을 찾기 쉽지 않다. 멍석을 펼치던 자리에 의자가 줄 맞춰 자리한다. 분위기가 사뭇 엄숙하고 예의를 갖추어야 할 것만 같다. 멍석 위에서처럼 뒹굴거나 누울 수도 없다. 아니 산책로의 갈색 나무 의자라면 편안히 누울 수 있으려나. 그러고 보니 산책로의 긴 의자가 투박한 멍석의 역할을 대신하고 있었는지도 모른다. 부담 없이 앉아 한가로이 시간을 보내거나 간혹 책을 읽는 자리로 모자람이 없지 않은가. 의자와 멍석 시대와 모습은 다르지만, 그 쓰임은 닮았다. 하지만, 모든 자리가 어찌 휴식의 뜻만 품고 있으랴.

한 치 양보도 용서치 않는 자리도 있다. 우리네 삶에 생업의 자리는 소리 없는 경쟁 중이다. 강하고 든든한 자리 누구에게도 흔들림 없는 자리를 얻고자 한순간도 긴장을 멈추지 않는다. 누구나 노력의 결과에 화합하면, 그 과정이 어찌 힘겨우랴. 하지만, 현실은 불필요한 경쟁의 피로감에 쓰러지는 이도 적지 않다. 카피라이터 정철 작가는 자리에 대한 해석을 '앉기 위해서가 아니라 일어서기 위한 자리. 의자에 앉는 시간은 피로와 조급을 내려놓는 시간. 앉아야 선다.'라 적고 있다. '앉아야 선다.'는 문장을 반복해서 읽는다. 휴식의 자리이든 경쟁의 자리이든 삶의 순환을 거스르지 말아야 한다는 소리인가. 문득 한 사람이 생각난다.

그는 누구도 믿지 않는다는 말을 서슴없이 한다. 가시 돋은 말의 파편은 사방으로 퍼진다. 갑갑한 공기는 는개처럼 공간을 메운다. 생업이라 마음이 불편하다고 자리를 박차고 일어설 수도 없다. 무의식의 소리로 자신을 위로할 뿐이다. 그도 나도 생업의 자리인 걸 어쩌랴. 법륜스님의 말씀도 생각난다. '상대를 이해하고자 애쓰지 마라. 그의 모습 그대로를 받아들여라.' 문제를 상대가 아닌 자신에게서 찾으라는 말씀이다. 내가 낳은 자식도 성격과 모습이 너무도 달라 놀라운 적이 많다. 하물며 남남인 동료로 만나게 된 관계가 어찌 뜻과 성향이 일치하랴. 대가족의 가장으로서 느꼈을 부담감이 그를 융통성 없는 사람으로 만든 건 아닐까. 예전의 내 모습을 보는 것만 같다.

산책로 나무 의자가 우울한 일상을 깨운다. 낮에는 나무 의자를 찾는 이가 많았으리라. 운동 삼아 산책로를 걷던 할머니와 할아버지는 의자에 앉아 그리운 옛날이야기를 나누었을까. 이제 막 걸음마를 시작한 꼬마와 엄마도 의자에 앉아 솜털처럼 보드라운 시간을 보냈으리라. 의자는 그들이 나눈 정겨운 이야기들을 곳곳에 품고 있을 것만 같다. 적막이 흐르던 산책로에 고추바람이 분다. 생각은 꼬리를 물고 늘어지나 한기가 느껴져 방으로 들어온다. 금방 잠이 올 것 같진 않다.

생업의 자리에 앉아 먼 훗날을 꿈꾼다. 멍석 위 달콤한 휴식의 욕심도 조금은 밀어놓는다. 대가 없이 주어지는 자리가 어디 있으랴. 지금은 조바심을 내려놓을 시간이다. 훗날 산골 흙 마당에 투박한 멍석을 깔고 누릴 휴식을 기대하며 마음자리를 정돈한다. 산책로의 가로등 불빛이 유년 시절 마당에서 보았던 별빛처럼 반짝거린다.

* 참고 : 카피라이터 정철 ≪사람 사전≫

몸의 기억

쥐 떼다. 느닷없는 쥐의 무리에 혼비백산 줄행랑친다. 분명 살아있는 생물은 아니리라. 하지만, 옷자락이라도 물린 양 가슴이 마구 방망이질 친다. 박물관의 통로가 미로처럼 이어진 탓에 출구도 찾지 못하고 허둥거린다. 입구를 찾아 기를 쓰고 헤매다 마주한 곳이 다시 쥐 떼 앞이다. 무엇에 홀린 양 제자리만 맴돌고 있다. 마음을 진정하고 안내원에게 도움을 청한다. 아뿔싸, 쥐 무리를 지나야 출구가 나온단다.

놈이 문지기이다. 쥐의 형상에 놀라 출구 표식을 못 보고 지나친 것이다. 난 평소 겁이 없는 편이나 쥐만은 예외이다. 놈을 지칭하는 단어만 떠올려도 온몸에 소름이 돋는다. 지인들과 세계 무역박람회를 관람코자 방문했건만, 쥐의 형상에 놀라 좌불안석이다. 쥐의 무리를 벗어나고자 헤맨 탓에 온몸의 기운이 빠지고 쓰러질 것만 같다. 몸의 기억인 걸까. 오래전 일인데 마치 어제의 일인 양 선명한 장면이 있다.

유년 시절 할머니 방에서 종종 잠이 들었다. 그날은 사촌이 찾아와 함께 잠을 자던 중이었다. 잠결에 수런거리는 소리가 들려 눈을 뜨니 할머니가 시커먼 짐승과 난투를 벌이고 있었다. 순간 짐승과 눈이 마주쳤다. 놈의 눈빛에서 살기가 느껴졌다. 할머니가 빗자루를 들고 녀석을 내리치려는 순간이었다. 결투는 할머니의 승리로 끝났고, 할머니와 사촌은 아무 일 없다는 듯 잠들었다. 하지만, 난 그 눈빛 때문에 잠을 이룰 수가 없었다. 몸을 바들바들 떨며 밤을 새운 기억이 또렷하다. 돌아보니 덩치 큰 검은 짐승은 쥐였다. 놈이 무리에서 떨어져 음식을 찾아 잘못 들었던 길이었으리라.

마음보다 몸이 먼저 반응한다. 쥐란 단어만 들어도 몸이 움츠러든다. 그날의 기억 때문인 걸 한참 후에야 알았으나 벗어날 방법을 찾지 못한다. '피하지 말자'라는 자기 최면을 걸어보지만, 몸의 기억은 마음보다 앞선다. 삼십 년 이상 '심리적 충격'에 관해 연구했다는 베셀 반 데어 콜크의 말을 새겨 본다. '자기 몸의 감각에 익숙해지고 주의를 기울이지 않는 한 회복될 수 없다. 깜짝 놀란 상태로 산다는 건 늘 경계 태세에 있는 몸으로 살아간다는 걸 의미한다.'라고 한다. 스스로 몸의 감각을 다스려야 한다는 의미일까. 내 몸이 기억하는 순간을 피하는 것이 아닌 두려움과 공포를 마주하고 이겨내야 한다는 말로 이해한다.

몸과 마음의 기억은 하나이리라. 한때 생업을 제외하곤 모든 만남을 거부하였다. 친구도 지인도 심지어 가족까지도 거리를 두었다. 홀로 두 아이와 살기 시작한 즈음이었다. 나를 걱정하는 마음이고 위로로 건네는 말인 줄 왜 모르랴. 하지만, 악의 없는 말 한마디에도 상처를 받고 움츠러드니 야속한 일이었다. 사람을 피하는 방법이 나를 지키는 일이라 여기고 생업에만 몰두했다. 눈을 뜨면 일터로 향하고 일이 끝나면 곧장 집으로 향했다. 몸은 세상과 담을 싸고 지내는 일에 익숙해지고 있었다. 그러는 중에 일어난 사고였다.

사고는 눈 깜짝할 사이 벌어졌다. 새로 들여온 기계가 몸에 익숙하지 않은 탓도 있었다. 여러 사람의 가슴을 쓸어내린 사고가 일순간 내 생각을 일깨워 주었다. 세상과 쌓았던 담을 조금씩 허물기 시작했다. 사람을 피해서 될 일이 아니라는 깨우침에 친구들과 만남도 피하지 않았다. 그즈음 인연을 맺은 수필도 나를 조심스레 세상으로 이끌어주었다. 수필은 감추고 묻어두고자 애썼던 음지의 기억을 소환해 치료까지 해주니 명의 중 명의이다. 웃는 모습이 이쁘다는 소리도 다시 듣기 시작했다.

몸은 삶의 희로애락을 모두 기억한다. 때론 왜곡된 기억도 품고 있으리라. 몸의 기억에 주의를 기울이고 감각에 익숙해져야 한다는 말은 그 때문이리라. 또한, 부끄럽다는 마음은 자신의 모습을 포장하고 싶은 심리일 수 있다. 그런 탓에 상처를 받고 통증도 느끼는 것이리라. 그 마음을 질타만 해야 할까. 몸이 기억하는 모습을 세심히 살피고 적응할 시간이 필요하다. 충격으로 인한 몸의 기억을 외면한다면, 매 순간 살벌한 경계 태세로 세상을 살아야 한다고 하지 않던가. 어찌 세상을 그리만 살 수 있으랴.

두근거리는 마음을 진정시키며 쥐의 형상과 마주한다. 가슴이 다시 방망이질 친다. 하지만, 두 손을 꼭 쥐고 녀석의 눈을 찬찬히 마주 본다. 녀석과 눈이 마주쳤다. 심장이 움찔 요동친다. 그런데 그 눈빛이 아니질 않은가. 어두운 밤 나를 쏘아보던 살기 가득한 눈빛과 사뭇 다르다. 그제야 심호흡하며 찬찬히 녀석들을 돌아본다.

작가는 나와 같이 쥐에 대한 공포를 겪은 사람이 아닐까. 그것을 벗어나고자 작품의 소재로 쥐를 선택했을지도 모른다. 작품에 상상을 더해 돌아보니 쥐는 보이지 않고 작가에 대한 호기심만 커진다. 드디어 몸이 기억하는 왜곡된 부분을 바로잡는다. 조

금은 편안해진 마음으로 유유히 출구를 빠져나온다. "쥐란 녀석,
이제 네가 무섭지 않아."

≪에세이포레≫ 100호 특집. 2021년 겨울호 〈신작수필특집〉

잘
늙
는
다
는

것

66

상념에 잠겼던 마음을 깨우고
작가의 시선이 머물렀을 경내를 다시 돌아본다.
아마도 작가는
빛바랜 절집의 지붕과 벽, 목어의 눈빛에서
산사의 삶을 조심스레 가늠하지 않았을까.
할머니도 산사도 지난했던 삶을 굳이 감추려 않고
조용히 늙어가고 있는 듯하다.
굳이 단청과 화장으로
지나온 삶을 감추려 애쓴 흔적이 없다.

99

첫사랑을 선물하자

    햇살에 눈이 부시다. 점심을 먹고 노곤하여 문을 열고 기지개를 켠다. 문득 매장과 차도 사이에 자리한 화단의 속사정이 궁금하다. 허리를 굽혀 검불 더미 속을 자세히 들여다보니 며칠 사이 많은 변화가 있다. 순한 바람이 겨우내 언 땅을 녹이니 흙 속 세상도 꽤 부산스러우리라.

    겨울잠에서 깬 작은 생명이 검불을 비집고 오르는 소리가 들리는 듯하다. 화단 속은 다행히 영양분과 온도가 잘 맞는가 보다. 흙을 살짝만 헤집어 보아도 다양한 생명이 곳곳에 자리한 것을 본다. 생명력 강한 잡초도 널리 퍼져있다. 도로를 건설하며 생긴 화단이지만, 한 번도 꽃들이 주인인 적은 없다. 그나마 바람결에 날아든 민들레 씨앗이 노란 꽃을 피워 꽃밭의 자존심을 지켜주었다고 할까.

　화단은 제 역할을 못 하고 초라하기만 하다. 꽃을 피워 나비와 벌이 모여드는 호사는 아니더라도 잡초만 무성하니 그의 처지가 애처롭다. 한여름이면 훌쩍 자란 풀들이 자동차가 달리는 바람결 따라 온몸을 흔들어 댄다. 아주 가끔은 시에서 나온 도로 정화팀의 제초기 소리가 요란하다. 이내 무성했던 잡초는 이발한 듯 단정하지만, 그것으로 화단관리는 끝이다. 그때마다 '왜 화단만 만들어 놓고 꽃밭 조성은 하지 않을까'하는 아쉬운 마음이 들곤 한다.

　요즘 들어 자주 시선이 화단에 머문다. 머지않아 무성해질 잡초가 눈에 선해서이리라. 그동안 잡초 속에 핀 몇 송이의 들꽃에 반가워하는 마음이었을 뿐 잡초를 어찌해볼 생각은 못 했다. 불현듯 이번 봄에는 내 손으로 화단을 매만져 보아야겠단 생각을 하기에 이른다. 마침 부모님 산소에 잡초를 손보느라 사용하던 호미와 연장이 있으니 따로 준비할 것은 없다. 더구나 아직 잡풀이 성하지 않으니 화단 일구기는 생각보다 수월하리라.

　생각을 정리하니 마음이 바빠진다. 호미질을 시작하며 이내 어떤 꽃을 심을까 고민이다. 차량의 왕래가 잦아 바람을 타니 여린 꽃보다는 생명력이 강한 것이 좋으리라. 뇌리에 스치는 꽃이라곤 어린 시절 쉽게 접할 수 있던 맨드라미와 나리, 분꽃과 채송화, 수국 등이다. 기왕이면 관리가 수월하고, 화려한 꽃보단 누구에게나 익숙한 정겨운 꽃이면 좋을 듯싶다.

문득 딸아이와의 추억이 떠오른다. 딸아이와 손톱에 봉숭아 꽃물을 들이고자 마주한다. '봉숭아 꽃물을 들인 손톱이 첫눈 내릴 때까지 남아있으면 첫사랑이 이루어진대.'라고 말한다. 딸의 얼굴이 볼그레지는 듯싶더니 수줍게 말을 꺼낸다. 아침마다 같은 버스 타는 고등학생 오빠가 있는데 자꾸 신경이 쓰인단다. 요즘 들어 유독 외모에 신경을 쓰던 연유가 그 때문인가 보다. 사춘기 딸아이에게 첫사랑이 찾아온 것이리라. 그런데 아이보다 내가 더 설레는 건 무엇일까. 아이의 손톱에 물든 고운 색이 사라지기 전에 첫눈이 내리길 기대한다. 첫사랑을 맞은 아이의 모습이 봉숭아 꽃물처럼 곱다.

문득 옛 여인들의 첫사랑이 궁금하다. 대문 밖 출입이 자유롭지 않던 시절이니 남녀가 얼굴을 마주할 일도 드물지 않았을까. 그들에게 첫사랑은 어떤 설렘으로 다가왔을까. 애틋함이나 기대감은 지금이나 별반 다르지 않았으리라. 봉숭아꽃을 따다 손톱에 곱게 꽃물을 들이며 얼굴도 볼 수 없던 정인을 마음에 품었으리라. 손톱에 정성껏 봉숭아 꽃물을 들이는 댕기 머리 소녀의 상기된 얼굴을 그려본다.

아무래도 꽃밭의 주인공은 봉숭아꽃이 제격이지 싶다. 세월을 넘어 모두의 마음에 첫사랑을 꿈꾸게 하는 꽃이니 더욱 좋다. 봉숭아꽃은 태양 빛이 절정을 이루는 여름에 자리를 가리지 않고 피어난다. 꽃은 잎겨드랑이에 한 송이에서 세 송이가 옹기종기 모여 있다. 꽃말이 '나를 건드리지 마세요.'란다. 봉숭아 꽃물을 들이며 남몰래 사모하는 정인을 생각하는 이야기와는 사뭇 다른 꽃말이다. 하지만 '첫사랑을 향한 내 마음을 건드리지 마세요.'라고 풀이한다면 의미는 다르리라 본다. 일편단심의 완곡한 표현이다.

오래도록 손을 보지 않은 탓인가. 돌과 섞여 잡다한 쓰레기가 많아 생각보다 손이 많이 간다. 검불과 돌, 쓰레기를 구분해 손질한다. 다행히 작은 생명이 모여 살아 꿈틀거리니 땅심은 좋으리라. 손님들이 없는 틈을 타 땅을 일구다 보니 속도가 더디지만, 화단이 조금씩 제 모습을 찾아가고 있다. 아직은 겨울의 끄트머리인데 화단 정리로 마음은 벌써 봄날이다.

돌아오는 휴무 날에 꽃집에 가리라. 봉숭아 씨앗을 사며 꽃집 주인에게 어떻게 키워야 할지 관리비법도 배우련다. 화단을 손질하는 손길이 바빠진다. 씨앗을 심고 물도 듬뿍 주고 살갑게 눈 맞추다 보면 올여름엔 소담스러운 봉숭아 꽃물결을 볼 수 있으리라. 마음엔 벌써 화단 가득 봉숭아꽃이 흐드러진다. 매장을 찾는 고객들에게도 붉은 꽃송이를 한 움큼씩 나눠주리라. 오고 가는 모든 이에게 첫사랑의 설렘을 선물하고 싶다.

봉숭아꽃은 화려하진 않지만 소담스럽다. 무엇보다 여인의 마음을 흔드는 첫사랑을 떠오르게 하는 꽃이질 않은가. 꽃잎을 백반과 함께 빻아 손톱에 잘 동여매 하룻밤을 자고 나면 붉은 노을빛 꽃물이 든다. 꽃물 든 손톱이 조금씩 줄어들 때마다 첫눈이 내리길 기다리는 마음이 얼마나 순수한가. 여인들은 봉숭아꽃에 얽힌 전설이 꼭 이루어지지 않는다는 걸 알고 있다. 하지만, 전설처럼 첫사랑을 이룬 사람도 분명 있으리라.

꽃물 든 손톱은 기다림의 미학이자 그리움의 상징일 듯싶다. 첫사랑이 이루어지든 안 이루어지든 무슨 상관이랴. 그저 꽃물 든 손톱만 봐도 기분은 절로 좋아진다. 또한, 삼복더위에 지친 심신을 잠시나마 꽃물들이기로 망중한의 여유를 느꼈을 선인의 지혜도 배운다. 감나무 우듬지에 까치밥이 사라질 즈음 다시 겨울이 오고 첫눈도 내리리라. 모두에게 첫눈을 벗 삼아 가슴 설레던 첫사랑이 찾아오길 기대한다.

흙은 아름다움과 향기로움만 품지 않는다. 대지 위에 모든 생명을 품는다. 인간은 그 땅을 딛고 그 위에서 살아간다. 우리는 알게 모르게 땅의 기운을 받는 터이다. 그 기운은 나의 손을 빌려 땅을 일궈 작은 생명을 살게 하고 더불어 땅은 옥토가 되리라. 바로 나눔의 삶이다. 붉은 봉숭아 꽃대가 너울거리는 살피꽃밭이 눈앞에 선하다. 그대의 손톱에 고운 꽃물과 첫사랑을 선물할 그 날을 고대한다.

화무십일홍花無十日紅

찻잔 속 꽃잎이 눈길을 사로잡는다. 돌확 안에 매화꽃이 활짝 피었다. 가장자리에 찻잔이 놓여 있고 잔에도 매화 꽃송이가 노닌다. 매화나무 아래 가야금 커는 예인의 모습 또한 단아하다. 그녀의 손길 따라 현의 울림이 예까지 들리는 듯하다.

잔디밭 정원에서 작은 파티가 열린다. 은사님은 복잡한 도시를 벗어나 작은 시골 마을에서 생활하신다. 봄이 되면 정원엔 온갖 꽃들이 피어나 봄의 정취가 넘쳐난다. 동구 밖을 나서는 겨울바람을 배웅하기 바쁘게 은사님은 매화를 벗하여 지인과 문인들을 정원으로 초대한 것이다. 생업에 묶인 탓에 지인이 실시간으로 보내준 사진을 보며 아쉬움을 달랜다. 그날의 아쉬움을 달래다 급기야 지인과 남녘으로 탐매를 떠난다.

'화무십일홍'이라 했던가. 수많은 나뭇가지에 꽃 한 송이가 없다. 어찌 이리 야박할 수 있으랴. 매화 동산을 따라 사방으로 시선을 움직여보지만, 매화는 보이질 않는다. 망연자실이란 표현이 맞으리라. 온 동산에 매화꽃이 장관이라는 소식에 새벽길을 마다치 않고 달려온 걸음이 아니던가. 횅한 주차장이 물색없는 방문객을 조롱하는 듯하다. 며칠 늦는다고 매화꽃이 이리도 흔적 없이 사라지리란 생각을 못 한 것이다. 때를 놓친 방문임을 일깨우듯 천막 아래 졸고 있던 상인이 매실청과 장아찌를 사라며 푸석한 목소리로 우리를 부른다.

시기를 놓쳤다고 기회가 다시 없는 건 아니리라. 진정하고 돌아보니 주변 풍경이 눈에 들어온다. 매화마을 주차장과 천변에 유채꽃이 흐드러졌다. 아마도 매화꽃이 지고 난 뒤 피는 유채꽃은 나처럼 물색없는 방문객을 위한 배려가 아닌가 싶다. 또한, 멀지 않은 곳엔 벚꽃이 한창이란다. 매화를 찾아 떠난 길이었기에 아쉬움이 컸지만, 유채꽃과 벚꽃 풍경이 나그네를 위로한다.

머리 위로 꽃비가 하염없이 쏟아진다. 꽃잎이 융단처럼 깔린 길을 걷는 기분을 어찌 말로 다 표현하랴. 매화를 보고자 떠나지 않았다면, 이런 기회 또한 나에게 오지 않았으리라. 그중 유독 눈에 들어오는 꽃나무가 있다. 군데군데 옹이가 생기고 한쪽엔

중병을 앓았던 듯 움푹 파인 흔적을 품은 거목이다. 하지만, 나무는 꽃 피우기를 멈추지 않고 있다. 아니 그 어떤 화려한 꽃보다 인생의 희로애락喜怒哀樂을 품은 듯 노거수의 꽃이 빛난다. 겨우내 봄꽃을 피우고자 애썼을 노거수의 묵직한 생애가 전해오는 듯하다.

내 인생에 중요한 시기는 언제였을까. 형편상 늦은 시기에 야간학교를 진학했다. 몸은 고단했지만, 학교에 다닌다는 즐거움은 무엇과도 비교할 수 없었다. 주경야독으로 고교를 졸업한 뒤 글공부를 하고자 대학진학을 꿈꾸었지만, 직장의 상황이 여의치 않아 쉽지 않았다. 기회는 주어지는 것이 아닌 적극적인 의지로 잡아야 했는데, 그때는 현실을 탓할 뿐 기회를 잡고자 하는 열정이 부족하였다.

글공부 시기도 놓쳤다고 생각했다. 간혹 이곳저곳 문학 사이트를 기웃거리기도 했지만, 글공부를 제대로 배울 곳이 없어 아쉬운 마음이 깊었다. 새롭게 글을 배울 기회가 있으리라곤 생각 못 했기에 더욱더 그러했다. 그즈음 소셜 네트워크 서비스(SNS)를 접하고 그곳에 짧은 글을 올리며 아쉬운 마음을 대신하였다. 나의 간절한 마음이 전해진 것일까. 지천명이 지난 내게도 공부할 기회가 찾아온 것이다.

창작수필 반에 처음 자리한 그 날이 기억난다. 은사님의 안내로 시작한 글공부 첫날이다. 강의실을 둘러보니 얼핏 보아도 연령대가 다양하다. 이십 대가 수강 신청한 일은 처음이라며 소개한 어린 학생을 비롯해 환갑이 넘은 분도 보인다. 등단하여 기성작가로 활발히 활동하는 분, 조금 늦었지만, 새롭게 열정을 품고 시작하는 분, 일찍이 꿈을 키우고자 애쓰는 젊은 미래의 방송작가, 모두가 한결같은 꿈을 품고 있다. 젊은 학생들이 모인 강의실처럼 활력이 넘치진 않지만, 문학을 향한 마음은 모두 열혈 청춘이다. 따스하고 정겨운 분위기가 마음을 편안하게 한다.

또, 하나 문인과 만남도 잊을 수가 없다. 특별한 분을 모시고 강의를 듣던 지난 크리스마스에 일은 아직도 벅찬 감동으로 기억된다. 문우들과 함께 마을 뒷산을 걷고 맛난 점심과 차를 마시며 나누었던 이야기도, 붉은 석양을 벗하며 듣던 강의도 잊을 수가 없다. 먼 길을 마다치 않고 달려와 주신 교수님, 우리에게 좀더 많은 기회를 접하게 하고자 그 자리를 마련한 작가님, 크리스마스이브인데도 선뜻 함께한 문우들, 모두가 한마음으로 시간 가는 줄 몰랐다. 문학을 향한 목마름이 해결되는 듯 단비 같은 시간이었다.

현재 내 나이도 노거수처럼 화려하게 꽃 피울 청춘은 아니다. 하지만 고목도 꽃을 피우지 않던가. 내 인생을 나무와 비교한다면 아마도 상처가 깊게 파이고 옹이가 선명한 고목과 같으리라. 하지만 고목에 핀 꽃이 나의 눈길을 사로잡았듯 나 또한 인생의 희로애락을 진정성 있는 글로 풀어내고 싶다. 가볍지 않은 나만의 향기를 품은 글을 쓰고자 열정과 노력을 다하리라.

찻잔에 벚꽃 한 장을 띄운다. 백매든, 벚꽃이든 어떠랴. 겨울 칼바람을 묵묵히 이겨낸 후 흐드러지게 핀 꽃을 향유했지 않는가. 그림 같은 꽃비를 맞는 행운에 감사한 날이다. 꽃바람과 노닐다 하늘을 보니 코발트색 하늘이 청아하다. 매화꽃을 보고자 서둘러 달려온 여행길에서 고목의 향기와 정신을 얻는다. 글공부에선 시기를 놓쳤는지 모른다. 하지만, 나의 열정만큼은 결코 화무십일홍처럼 스러지지 않으리라. 내가 원했던 매화꽃은 보지 못했지만, 새로운 꽃무리에 황홀한 날이다. 덕분에 변함없는 일상이 생기롭다. 바람결에 흩날리는 여린 꽃잎이 햇살을 받아 보석처럼 빛난다. 더없이 좋은 날이다.

잘 늙는다는 것

주위를 둘러보아도 일주문은 보이지 않는다. 두리번거리는 나그네를 기다렸다는 듯 검둥개 한 마리가 조용히 안내한다. 녀석의 행동에서 불심이 느껴지는 건 아마도 장소 탓이리라. 아니 어쩌면 절집에 머물며 녀석도 반 부처가 되었는지도 모른다. 녀석을 따라 우화루 옆 작은 샛문을 통해 산사로 들어선다.

마당 가장자리 작은 고랑에 검은 자갈이 눈길을 잡는다. 흙이 처마 낙숫물에 흐름을 거스르지 못한 듯 흘러간 자리에 검은색 돌만 남아있다. 유년 시절 처마 아래 조약돌을 만지며 놀던 때를 떠오르게 하는 풍경이다. 마치 '처마에서 떨어지는 빗물을 만지면 손에 사마귀 생긴다.'라고 말하던 어머니의 목소리가 들리는 듯하다. 그리운 마음이 일어 고랑의 돌을 주워 어머니의 손을 잡듯 살며시 움켜준다. 햇살 덕분인가 어머니의 마음이런가 따스한 온기가 느껴진다. 돌을 손에 쥔 채로 절집을 천천히 둘러본다.

화암사를 '잘 늙은 절'이라 부른 작가의 「잘 늙은 절」이란 글이 호기심을 자극한다. 사물을 남다르게 보는 작가의 혜안과 감성 넘치는 언어는 '어서 찾아 나서라'고 나를 부추긴다. 글과 함께 책에 실린 사진을 보니 더는 참을 수가 없다. 산사와 가까워질수록 가슴이 뛴다. 수필가와 시인은 어인 마음에 사람이 아닌 사찰을 잘 늙었다고 칭했을까. 궁금증을 안고 산사로 오르는 오솔길엔 물소리와 새 소리, 바람 소리가 조급해진 마음과 달리 발걸음을 잡는다. 절집을 찾는 이들이 정갈한 몸가짐을 하고 산사에 오르라는 뜻인가. 주변의 풍경과 벗하다 보니 산사에 닿는다. 이내 작가의 눈빛과 언어가 나를 인도한다.

절집 오른편에 위치한 우화루 천장에선 목어가 한낮의 노곤함과 씨름 중이다. 아니 묵언 수행 중인가. 그 눈빛의 깊이를 가늠하기 어렵다. 여느 절집의 목어와는 사뭇 다르다. 울긋불긋 오색 단청 입힌 툭 불거진 눈과 몸이 아니다. 목어는 단청을 입히지 않은 나무 그 자체로 천장에 매달려 졸고 있다. 눈길을 돌려 우화루 안쪽을 살펴보니 외관에서는 보이지 않던 단청 흔적이 남아있다. 사찰에선 어떤 연유에선지 재단청은 하지 않은 듯하다. 마주 보고 자리한 극락전과 적묵당 모습도 그와 같다. 세월의 흔적은 산사와 더불어 요사채 나무 마루에서도 느낄 수 있다. 보통의 사찰은 단청으로 전각도 보호하고 길손의 눈길도 사로잡게 마련인데, 어디에도 화려하게 치장한 모습은 보이지 않는다.

우리나라 불교와 사찰은 대부분 아픈 역사의 흔적을 담고 있다. 잦은 외적의 침략과 약탈로 사찰은 하나둘 산속 인적이 드문 곳으로 찾아든 것이다. 지금의 사찰 대부분이 산속에 있는 연유이기도 하다. 하지만, 산속 깊은 곳에 존재해도 사찰은 단청하여 그 위엄을 나타낸다. 그중 금단청을 한 사찰도 어렵지 않게 볼 수 있다.

옛 선조들은 궁궐의 권위와 사찰의 화엄 장엄을 위해 단청을 하였단다. 물론 기후 변화로 목부재 풍해와 부식을 막기 위함과 목재의 옹이나 흠집을 감추어 외관의 미려함도 염두에 두었으리라. 일반적인 건물에서는 볼 수 없는 색채의 단청이다. 더구나 화암사는 독특한 건축물로 국보에 지정된 사찰이다. 글을 통해 오색단청에 그 모습이 웅장하리란 기대는 접은 후였지만, 일반적인 모습과 다른 모습이 오히려 정감이 느껴진다.

화암사는 세상의 소음을 멀리한 채 묵언 수행 중이다. 화려하게 치장하지 않아도 그 위엄은 사라지지 않는다. 구름이 흐르듯 소리 없이 흐른 세월도 조용히 품고 있다. 아마도 깊은 산속에 자리한 절집을 수도승 외엔 찾는 이가 별로 없으리라. 세속의 발걸음이 없으니 절집은 그대로 나이가 들어갔으리라. 그렇다고 어느 한 곳 궁색함은 느껴지지 않는다. 오히려 부처를 모시는 절집 본연의 모습이 나그네의 마음을 끈다. 그 모습에 수필가와 시인은 한 목소리로 '잘 늙은 절'이라 칭송하지 않았을까. 문득『삼국사기』의 저자 김부식이 떠오른다.

백제인들은 생활 전반에서 검소함을 강조하였던가 보다. '검이불누 화이불치(儉而不陋 華而不侈)', 검소하되 누추하지 않고, 화려하되 사치스럽지 않다는 말을 보면 알 수 있다. 백제 온조왕 때에 새로 지은 궁궐을 보고 김부식이 한 말이다. 화암사의 자태가 바로 그러하지 않은가. 오색단청이 없다 한들 누추하지 않으며 당대 최고의 목재를 사용했다 한들 사치스럽지 않다. 그러니 '잘 늙은 절'이란 표현이 참으로 적절하다. 과연 인간에게 잘 늙는다는 건 어떤 의미일까. 자문하다 보니, 한가로운 거리에서 스친 할머니의 모습이 떠오른다.

할머니의 모습은 단아하다. 모시 한복 자락이 발목을 스칠 때마다 사각거리는 소리가 드리는 듯하다. 주름진 소매는 무더운

여름 한 점의 바람이라도 더 담으려는 듯 방방하게 부풀었다. 백발의 머리칼을 곱게 빗어 넘긴 할머니의 모습에 자꾸 눈길이 간다. 도로가 고르지 못하여 걸음새가 조심스러워 보였으나 흐트러짐이라곤 없다.

현재의 모습이 곱다고 하여 지나온 삶마저 곱기만 했으랴. 흔히 칠십 년 대의 산업 일꾼을 낀 세대라 부른다. 급속히 변하는 사회와 가족을 부양코자 열정을 다해 살아온 그들이지만, 지금의 사회는 늙어 힘없어진 그들을 품지 못하니 고단하기만 했으리라. 지금의 할머니가 그 세대이지 싶다. 하지만, 할머니의 모습 어디에도 그런 고단함과 애처로움은 느껴지지 않는다. 다만, 당신의 삶이 그랬으리라 조심스레 추정해볼 뿐이다.

누구라도 흘러간 세월의 흔적을 쉽사리 지울 순 없다. 거울에 비친 내 모습을 찬찬히 살핀다. 얼굴의 주름을 어쩔 수 없으련만 왠지 모를 서러움이 밀려온다. 얼굴을 두 손으로 감싸고 주름을 펴니 조금은 젊어 보인다. 그러다 나도 모르게 웃고 만다. 주름을 걱정하다니 마음에 여유가 생긴 것이리라. 생업에 치여 시간이 어찌 흐르는지 모르고 살던 때가 불과 몇 해 전이다. 앉으면 눕고 싶고 누우면 자고 싶다고 했던가. 참으로 간사한 것이 사람의 마음이다. 나이 들어 생긴 주름은 부끄러운 일이 아니다. 주름은 매 순간 치열히 살아온 생애 흔적이지 않은가. 이보다 당당한 훈장이 어디에 또 있으랴.

상념에 잠겼던 마음을 깨우고 작가의 시선이 머물렀을 경내를 다시 돌아본다. 아마도 작가는 빛바랜 절집의 지붕과 벽, 목어의 눈빛에서 산사의 삶을 조심스레 가늠하지 않았을까. 할머니도 산사도 지난했던 삶을 굳이 감추려 않고 조용히 늙어가고 있는 듯하다. 굳이 단청과 화장으로 지나온 삶을 감추려 애쓴 흔적이 없다. 나 또한 주름진 얼굴에 주눅들 일이 아니다. 주름 가득한 얼굴일지라도 웃는 모습이 예쁘다는 소리를 듣질 않는가. 이만하면 잘 늙어가고 있는 것이리라.

나무 마루에 앉아 절집에 잠시 더 머무른다. 어찌 겉모습만 보고 '늙었다, 젊었다' 말할 수 있으랴. 육신이 늙는다는 것보다 무서운 것은 마음이 늙는 것이다. 스스로 최선을 다해 사는 삶이 잘 늙어가는 생이지 않을까. 사찰의 문을 나서려니 검둥개가 대문 밖까지 나와 나그네를 마중한다. 햇살이 검둥개 뒤로 긴 그림자를 만든다. 잘 늙은 절집과 한 몸처럼 느껴지는 검둥개에게 미소를 보내며 발걸음을 돌린다.

－2018년 제14회 동서커피문학상 맥심상 수상작
≪문장≫ 2019년 봄호. 제48호

여행은 추억을 벌어오는 것

탁 트인 바다는 보이지 않는다. 안개 자욱한 바다는 힘센 황소
가 달려오듯 거품 가득한 파도를 끝없이 몰고 온다. 파도는 거침
없이 달려와 바위벽을 후려치고 소금기 가득한 거품을 해안 가
득 토해낸다. 차가운 바닷바람에 옷깃을 여몄지만, 가슴은 뻥 뚫
리는 듯 시원하다. 새벽부터 달려온 시간이 아깝지 않다.

내륙에 사는 이들은 바다에 대한 향수가 특별하다. 삼면이 바
다인 이 땅에서 아이러니하게도 푸른 바다를 보기 쉽지 않은 지
역에 사는 터이다. 나 또한 크고 작은 산에 둘러싸인 도시에서
생활하다 바다를 마주하면, 생업에 종종대던 일상에서 해방된
느낌마저 든다. 여행할 때면 바다를 거쳐 갈 수 있도록 일정을
잡는 연유가 여기에 있다. 이번 일정도 첫날 수덕사 템플스테이

에 참가한 후, 곧바로 속초로 달려온 참이다. 바다 특유의 비릿한 내음과 거침없는 파도는 고향에서는 느낄 수 없는 풍경들이다.

젊은 시절엔 바다에서 나는 비릿한 냄새가 싫었다. 바다를 접할 일이 없었던 산골 촌놈임을 여지없이 증명하는 것이리라. 비릿한 냄새와 거친 파도가 쉬이 익숙해지지 않았다. 하지만, 나이가 들며 조금씩 익숙해지는가 싶더니 이제는 바닷가 풍경이 그리워 무작정 떠나기를 반복한다. 이른 아침 수평선을 붉게 물들이며 솟아오르는 일출도 수평선 아래로 서서히 가라앉는 석양도 산 위에서 보던 그것과는 사뭇 다른 매력이 있다.

어느 여행 작가는 '여행은 돈을 낭비하는 것이 아니고 추억을 벌어오는 것이다'라고 했다. '여행이란 새로운 곳 낯선 곳을 찾아 그곳의 느낌을 있는 그대로 보고 향유할 수 있다. 당연히 해야만 하는 일상에서 벗어나 잠시나마 자유로움을 누려라. 그곳에서 얻은 추억의 조각들은 일상으로 돌아온 그대에게 위로가 되고 에너지가 되어줄 것이다.'라고 그는 말한다. 그의 말에 깊이 공감한다. 우리는 일상생활에서 쌓인 피로와 스트레스를 푸는 방법을 적어도 한 가지씩은 갖고 있으리라. 하루를 마감하고 운동을 하거나 친구들과 술 한 잔 나누며 수다로 피로를 풀어내는 이도 있다. 또한, 마음에 드는 디자인에 색까지 완벽한 옷을 발견하리라는 기대에 쇼핑센터의 문을 드나드는 이도 많다. 나 또한, 나만의 방법으로 일상에서의 탈출을 시도한다. 가벼운 주머니 사정을 종종 잊는 것이 문제이지만, 매번 준비 없이 훌쩍 여행길에 오른다.

나의 외모는 누가 보아도 소주 한 병은 너끈히 먹을듯하다고 한다. 하지만 술 한 잔에도 온몸은 홍당무가 되고 두드러기가 나는 치명적 단점을 갖고 있다. 술은 피로를 풀기보단 오히려 스트레스이다. 그런 탓에 한때는 자전거 타기를 즐기기도 하고 수영이나 등산 등 운동에 열중한 적도 있다. 그러다 우연한 계기로 여행을 시작하게 되면서 나만의 스트레스 해소법을 터득했다. 시간이 해결해주지 못하는 일에 허둥대고 고민에 빠질 때면, 차에 연료를 가득 채운 뒤 목적지 없는 길을 떠난다. 물론 동행해주는 고마운 여행 동반자가 있기에 가능하다. 낯선 바닷가에서 이름 없는 산사에서 가끔은 한적하고 작은 어촌에서 보내는 짧은 시간은 고단함과 근심을 잊게 한다.

몇 해 전 들렀던 거제도도 무작정 떠났던 여행지이다. 사전지식 없이 '소매물도에 등대 보러 가자'라며 지인을 태우고 출발했다. 등대는 당연히 바다에 있으리라 생각하고 즐겨 입던 긴치마를 치렁거리며 나선 길이다. 그런데 무슨 일인가. 등대는 바다를 건너 산을 넘고 또다시 몽돌 가득한 바닷길을 건너서야 있단다. 입고 있는 옷차림을 보니 헛웃음만 나온다. 하지만, 출발했으니 도리가 없지 않은가. 사람들의 뜨악한 시선을 뒤로한 채 치렁거리는 치마를 움켜쥐고 당당하게 걷는다. 배를 타고 바다를 건너 다시 꼭꼭 숨겨 놓은 듯 가로막은 언덕을 넘으니 멀찍이 바닷길에 닿아있는 등대가 보인다.

　등대가 가까워질수록 바다 또한 광활한 제 모습을 조금씩 내어준다. 등대를 쉬이 보여주지 않는 연유가 충분하다. 주변의 풍경과 바다는 힘겹게 올라온 과정을 잊게 한다. 동글동글한 몽돌을 밟고 바닷길을 건너 등대에 닿자 지인은 이곳저곳을 카메라에 담느라 정신이 없다. 나 또한, 거치적거리는 치마는 잊었다. 각기 다른 두 섬이 하루에 한 번 이어지는 소매몰도와 등대섬은 그 인연만큼이나 풍경 또한 탄성이 절로 난다. 조금 전까지만 해도 걸리적거리는 치마에 이번 여행은 실패라고 생각했던 스스로가 민망하기까지 하다. 소매물도의 특별한 모습을 보고자 한다면 주저 말고 떠나라. 그대의 기대가 얼마이든 등대섬은 그대를 실망시키지 않으리라. 그날의 추억이 하얀 거품 파도와 함께 되살아나는 것만 같다.

밤이 되어 바람이 멈추니 거칠던 바다도 조용하다. 가로등 불빛을 따라 잠시 바닷가를 걷는다. 여행은 모래알처럼 버석거리는 일상을 잊게 한다. 시끄럽던 마음이 잠잠해지니 살아있는 것을 알려주듯 허기가 찾아온다. 주변 항구를 찾아 간단히 회를 떠 숙소로 향한다. 오늘은 소주도 한잔 곁들일 참이다. 일상이 나를 지치게 한다면, 떠나보자. 그곳이 어디인들 어떠한가. 오늘을 쉬어 내일이 기운차다면, 그것으로 충분하다. 더불어 추억은 선물처럼 주어질 것이리라.

바닷가 숙소 정원에서는 꼬마들이 깔깔거리며 뛰어다니고 있다. 부모는 혹여 아이가 넘어질까 노심초사지만 얼굴엔 미소가 가득하다. 그들의 모습이 바다처럼 평온해 보이는 것은 나만의 느낌인가. 나는 오늘 이렇게 또 추억 하나를 벌어온다.

2015년 청주대학교 평생교육원 문집 ≪우암수필≫

우리의 옷

배우의 동작 따라 내 시선도 따른다. 꽃을 찾아 노니는 나비를 보는 듯 동작은 더없이 곱다. 한복 저고리 동정 따라 여인의 목선이 우아하게 빛난다. 반달처럼 둥글린 소매 부분과 넓은 폭의 치마가 걸음의 반동에 흔들린다. 소나기가 내린 후 홀연히 나타난 무지개가 이보다 황홀할까. 마치 얇은 비단 치마의 사각거리는 소리가 예까지 들릴 것만 같다.

아이들과 휴가를 맞아 뮤지컬 공연을 보러 갔다. 퓨전 뮤지컬 "왕세자 실종사건"을 공연하는 무대 위 배우들의 몸짓, 표정이 잊히지 않는다. 왕세자가 실종되며 시작된 극은 궁중의 애환과 사랑을 이야기한다. 배우의 부드럽지만 강인한 목소리와 몸짓, 표정에서 한시도 눈길을 떼지 못한다. 공연이 무대에 오르기까지는 많은 날을 땀 흘려 연습한 배우들과 스텝들의 노력이 있었으리라. 그들의 숨은 노력과 더불어 한복의 아름다운 자태가 극에 몰입도를 높인다. 문득 우리의 글자, 한글의 매력에 흠뻑 빠져 있는 디자이너가 떠오른다.

그는 작품에 한글 서체를 이용하는 것을 좋아한다. 그가 디자인한 작품은 국내 패션쇼에서 큰 호응을 얻을 뿐 아니라 국제무대에서도 반응이 뜨겁다. 여성스러움을 강조한 원피스나 남성의 재킷과 셔츠에 디자인한 한글 문양은 독특한 멋과 고급스러움을 담았다는 평가를 받는다.

한글 문양은 한지에 난을 친 듯 간정하다. 그의 패션쇼에 출연자 모두를 올려 한글의 아름다움을 알렸던 예능프로그램도 인기가 대단했다. 늘 사용하는 문자이기에 오히려 소중함을 잊고 있던 한글의 멋스러움을 자연스럽게 일깨워준 프로였다. 누군가 '가장 한국적인 것이 가장 세계적인 것.'이라 했다. 그의 작품이 그것을 증명한다. 한글은 독특한 멋과 향기를 품고 있다. 그의 영향을 받았을까, 최근 한복의 소맷단과 넓은 치마폭에 한글을 수놓은 작품을 종종 볼 수 있다. 선비의 고고함과 여인의 단아함을 담았으니 이보다 우아한 옷이 어디 있으랴.

뮤지컬 공연은 외국작품을 번안한 공연이 많다. 하지만 외국

작품을 공연하던 뮤지컬 무대에 작지만 신선한 바람이 불고 있다. 국내 무대에서 반응이 좋았던 작품이 국제무대에서도 큰 관심을 받고 있다. 대표적인 작품으로 '명성황후'를 꼽을 수 있으리라. 뉴욕 앙코르 공연을 본 뉴욕타임스 기자는 '어떤 국적의 관객이라도 충분히 감동할 작품이다.'라고 호평했다. 극의 작품성뿐만 아니라 무대장치와 음악에서도 당당히 인정을 받고 있다는 결과이다. 그뿐이랴. 이미 우리의 문화예술은 빠르게 세계 무대를 사로잡고 있다.

거리에 나서면 건강하고 어여쁜 청춘들을 많이 만난다. 아름다운 자태를 경쟁하듯 몸에 착 달라붙은 옷을 입은 모습이다. 걷는 반동 때문에 엉덩이에 밀착된 옷이 함께 씰룩인다. 혹여나 불미스러운 일이 있을까 봐 굳이 눈길을 주지 않는다 해도 풍만한 가슴과 관능적인 모습이기에 나도 모르게 눈길이 간다. 지금은 많이 사라진 모습이지만, 가끔은 바지춤을 엉덩이에 걸쳐 입은 젊은이도 보인다. 서양에서 들어온 힙합의 영향일 것이다. 음악에 심취한 젊은이들이 노래를 부른 본토 가수들의 모습을 닮고자 함이다. 힙합의 고향이 키가 크고 덩치가 좋은 서양이었음을 생각한다면 조금은 다른 모습이지 않을까 하는 아쉬움이 있다.

창경궁 풍경은 활기가 넘친다. 한복을 입고 온 젊은이들이 삼삼오오 모여 사진을 찍느라 여념이 없다. 한복을 입고 오면, 궁에 무료로 입장이 가능하다. 그들에게 한복을 입고 궁 나들이를 했던 시간은 젊은 날의 특별한 추억으로 오래오래 기억에 남으리라. 우리 고유의 한복이 이런 연유로 입어야 하는 옷이 되었던가 하는 아쉬움도 들지만, 이렇게라도 한복을 입고 추억 나들이를 하는 그들의 모습이 반갑다. 외국 관광객들이 그들과 기념촬영을 하고자 몰려든다. 한복을 입고 머리에 댕기를 묶은 여학생과 관광객이 뒤엉켜 사진을 찍느라 일순간 궁은 왁자지껄하다. 외국인의 눈에 비친 한복은 어떤 느낌이었을까.

한복은 우리의 조상들이 입었으며 그 숨결이 담긴 옷이다. 선조들은 특별한 날에도 평범한 날에도 한복을 입었다. 하지만, 언제부터인가 한복은 특별한 행사에만 입는 옷이 되어간다. 바빠 살아가는 시대에 활동하기 불편하다는 점이 점점 일상복에 밀려 멀어지게 되었으리라. 최근 들어 간편 한복이 많이 소개되고 반응도 좋다니 다행이다.

나는 한복이 참 좋다. 명절에 한복을 입고 온 식구가 모여 세배도 하고 성묘도 하던 때가 떠오른다. 천방지축이던 아이들도 한복을 입혀놓으면 곱고 얌전한 모습이 된다. 그렇듯 우리의 옷은 입는다는 것만으로도 행동과 마음이 단정해지는 선비의 옷이다. 옷고름을 매고 바지춤을 바로잡으며 꼬이고 접혔던 마음가짐도 바로 하게 되는 것이다. 한복의 단아함을 잊고 지나치기에는 너무도 아쉬움이 크다. 뮤지컬을 보고 나오며 여러 생각에 잠긴다. 공연은 한복의 의미도 새롭게 깨닫게 한다.

오랜만에 장롱 깊숙이 넣어두었던 한복을 꺼낸다. 올림머리를 하여 비녀도 꽂아본다. 얼굴에 주름진 모습이 조금 아쉽지만, 한복의 화사한 빛깔이 주름진 얼굴마저 곱게 한다. 조상들의 삶과 정신이 담긴 우리의 옷, 아름다운 한복을 세계의 패션 스타들이 서로 입고자 하는 명품의복이 될 날을 고대한다. 한복 저고리에 피어난 들꽃 향기에 넓은 치마폭에서 나비가 날아온다.

소낙비

천둥이 엄청난 굉음과 함께 번개를 동반한다. 호통에 놀란 빗줄기는 시멘트 바닥을 치고 이내 허공으로 퉁겨져 오른다. 천둥과 번개에 동네 강아지들도 시끄럽게 짖어대고 소나기에 고랑은 금세 흙탕물이 넘실거린다. 마른장마로 농부들의 시름이 깊어질 즈음 내려주는 비가 마냥 반갑다. 하지만, 가뭄 뒤에 내리는 비는 조금씩 내려야만 땅으로 잘 스며든다. 그래야만 농작물 해갈에 도움이 될텐데, 급작스러운 소나기에 아쉬움이 남는다. 비는 오전 내내 내리고 멈추기를 반복한다. 비 한 방울이 아쉬울 때이니 농부의 마음은 이마저도 감사하리라. 비가 내릴 때면 종종 찾던 호수도 궁금하다.

비가 내리면 홀로 달려가는 호수이다. 차를 타고 십 여분 달리면, 우암산 아래 상당산성에 닿는다. 주변으로 산책로와 등산로 가 있어 시민들도 자주 찾는 곳이다. 그곳 등산로 입구에 작고 아담한 호수가 있다. 호수가 잘 보이는 위치에 우선 차를 세운 다. 수면에 떨어지는 빗줄기를 보기 위함이다. 빗방울을 보고 있 으면, 신기하게도 마음속에 요동치던 것들이 사라진다. 차 천장 에 부딪히는 빗방울 소리도 듣기 좋다. 호수의 풍경과 빗방울 소 리는 마치 오케스트라 연주회 온 듯 착각이 인다. 불현듯 유년시 절 듣던 빗소리가 생각난다.

고향집은 짚으로 엮은 초가지붕이었다. 새마을 운동으로 슬레 이트라는 신식지붕으로 바뀐 후에는 빗소리에 힘이 넘쳤다. 흙 마당 가장자리로는 처마 낙숫물로 인하여 작은 고랑이 생겼다. 빗물에 흙이 쓸려 내려가고 흙 속에 숨어있던 조약돌이 오종종 모습을 드러낸다. 고향 집을 생각하면 생각나는 그리운 풍경 중 하나이다. 비 내리는 날이면, 고인 물을 찾아 첨벙거리던 꼬마의 습관은 예나 지금이나 변함이 없다.

산골 신작로는 포장이 되지 않은 흙길이다. 그런 탓에 비 내리 는 날이면 자칫 낭패를 당하기 일쑤이다. 길을 나설 때는 깨끗한 옷을 더럽히지나 않을까 까치발로 웅덩이를 피해 곡예 하듯 조 심조심 걸어야 한다. 하지만, 난 그 길을 우산 하나 달랑 들고 첨벙거리며 돌아다녔으니 엄마에게 지청구를 듣는 것은 당연하다. 혼쭐이 난 날에는 마루에 걸터앉아 처마 끝에 떨어지는 빗방울을 만지작거리며 아쉬움을 달랜다. 그러나, 비를 좋아하는 이보다는 눈 내리는 날을 좋아하는 이가 더 많으리라.

온 세상 소복이 쌓인 눈을 싫어하는 이가 누구랴. 길을 걸으면 뽀드득거리는 소리와 나무에 핀 눈꽃을 어찌 좋아하지 않으랴. 하지만, 난 그 모습보다 뒷모습이 자꾸 생각난다. 다음날이면 여지없이 흙과 먼지에 뒤섞여 곳곳에 어지럽게 널브러질 모습이 영 마뜩찮다. 감성이 메마른 탓일까. 어쩌면 유년 시절 환경 탓일 수도 있으리라. 눈 오는 날이면 학교를 오고 가는 길이 곤혹이었다. 십여 리를 걸어가야만 했던 등굣길에 눈이라도 내리면 미끄러워 시간은 곱절이 걸렸다. 반면 비가 내리는 날엔 물웅덩이를 찾아 찰박거리며 걷다 보면 학교에 금세 도착했다. 또한, 비가 그친 후 세상이 맑아진 느낌이 무엇보다 마음에 들었다. 비를 좋아하면 우울해진다고 말하는 이도 있다. 어림없는 소리이다. 빗줄기로 깨끗하고 단정한 풍경을 보고 어찌 우울할 수 있으랴. 문득 비로 인해 만나게 되었던 고마운 분이 생각난다.

큰아이가 중학생 때의 일이다. 폭우가 쏟아지는 날 우산을 챙기지 못했던 아이는 급한 마음에 택시를 탄 모양이다. 차를 타고

서야 지갑이 없다는 것을 알았으니 얼마나 당황했으랴. 쩔쩔매는 아이를 기사는 두말없이 집 앞에 내려주고 갔단다. 기사의 연락처도 받지 않고 돌아온 아이의 말에 고마운 마음을 전하고자 라디오에 사연을 올렸다. 또한, 택시기사들이 하루에 한 번쯤은 충전소에 들르리란 생각에 충전소마다 그분을 찾고 싶다는 의사도 전했다. 라디오로 사연이 알려진 덕분일까. 기사를 찾았다는 연락을 받고 한달음에 달려갔다. 별일도 아니라며, 자신도 학부이기에 기꺼이 데려다주었단다. 오히려 라디오에 사연을 보내고 충전소마다 소식을 전하는 바람에 자신이 스타가 되었다고 수줍어했다. 환하게 웃던 그분의 미소가 비 갠 하늘처럼 맑았다.

올해 장마는 비가 시원스레 내리는 날이 없다. 더욱이 땅속에 스며들도록 자분자분 내리는 비가 아닌 국지성 소낙비가 잦다. 계곡과 호수의 수위를 채우기도 농작물에 해갈도 역부족이다. 지인과 들렸던 산사 인근 호수는 바닥을 훤히 드러내고 있어 안타까움을 더한다. 가로수도 수분이 부족한 탓인지 잎이 말라 고부라지고 마른 모습이다. 뉴스에서는 이미 우리나라가 물 부족 국가라며 심각한 물 부족 현상을 보도한다. 시골 개울에 넘쳐나던 물줄기도 확연히 줄어든 것을 보면, 물 부족이라는 말이 괜한 말은 아니리라.

멈췄던 소나기가 다시 힘차게 쏟아진다. 장마라는 체면을 차리려는 것인지 오늘은 종일 비가 오락가락한다. 난 유리창에 바짝 붙어 창밖 풍경에 시선을 고정한다. 달리는 자동차 바퀴를 따라 하얗게 물보라가 인다. 비가 내리니 매장은 고객들 발길이 뜸하다. 매출이 걱정도 되지만, 창밖 풍경을 향유하는 여유로움이 좋다.

날씨도 이 정도면 변덕쟁이다. 고랑 따라 흙탕물이 넘실거리지만, 하늘은 언제 비가 내렸는가 싶게 맑아 햇볕마저 따갑다. 문을 열고 밖으로 나가니 후텁지근한 열기가 훅 달려든다. 흙이 아닌 시멘트 길이기에 흙이 종아리로 튀어 오를 걱정 없이 걸어본다. 출근하지 않고 쉬는 날이었다면 산성의 호수로 달려갔으리라. 발로 고인 빗물을 툭툭 쳐 본다. 맨발에 슬리퍼를 신었으니 젖어도 상관없다. 후텁지근한 공기와 달리 물은 시원하다. 잠깐의 소낙비로 곡식과 초목들이 아쉽게나마 목마름을 해결했으려나. 요즈음 팍팍하기만 하다는 이들의 삶에도 장대비처럼 희소식이 한껏 쏟아졌으면 좋겠다. 매장 뒤편 자투리땅에 심은 고추가 빗물의 만찬을 즐겼는지 푸른빛에 생기가 넘친다.

단짝

도통 마음을 알 수가 없다. 어느 날부터 슬며시 내 마음 한구석을 차지해 버린 녀석이다. 눈을 뜨면 우선 그부터 찾는 일상이 된 지 오래다. 밤새 일어난 소식과 지인의 일상을 조곤조곤 전해주던 살가운 녀석이다. 그런데 요 며칠 녀석이 변했다.

어떠한 손짓에도 반응이 없다. 녀석과 두 눈을 맞춰도 묵묵부답이다. 그 동안 이런 일이 없었는데, 참으로 답답한 노릇이다. 지난밤 일어난 일은 고사하고 지인들이 보내온 문안조차 전해주질 않는다. 혹시 녀석의 신경을 건드린 건 아닌지 돌아봐도 집히는 구석이 없다. 물론 실수로 바닥에 놓치거나 물에 빠트린 적도 없다. 말없이 제 역할을 묵묵히 수행하던 핸드폰이 느닷없이 딴죽을 거는 바람에 조바심친다.

저장 공간이 모자란 탓이란다. 동영상과 사진이 너무 많아 과부하인 모양이다. 나의 욕심 탓에 이상이 생긴 것이다. 구매한 지 오래된 것에 자신의 능력 이상의 것을 요구하니 별수가 있으랴. 사람도 무리하게 활동하면 몸살 나듯 자신의 역할이 힘겨워 몸살이 난 모양이다. 턱밑까지 차오른 용량에 헉헉대는 녀석의 숨소리가 들리는 듯하다. 서둘러 놈의 몸 상태를 살펴본다.

그의 몸 안에 천여 장의 사진이 포진한다. 녀석이 힘겨워하는 이유이다. 지루한 일상을 벗어나고자 내가 가는 곳마다 놈을 한 몸처럼 데리고 다녔으니 오죽하랴. 하지만 사진첩을 아무리 둘러봐도 지울 것이 없다. 오히려 지난날의 추억 속으로 깊이 빠져든다. 봄 햇살 속 화사한 꽃무늬 원피스를 입은 내 모습이 눈에 든다. 무시로 떠나기를 즐기던 시절이다.

한 달만 머물고자 떠났던 여행이다. 발길 닿는 곳에 머무르고 해 저문 마을에서 숙소를 정한다. 바닷길을 종일 걷기도, 오름을 맥없이 오르기도 한다. 게스트하우스에서 꼼짝 않고 잠에 취하기도 한다. 스스로 감당할 수 없는 역할에 지쳐있을 무렵이다. 하지만, 해질녘 아이들과 통화하고자 녀석을 살펴보니 부재중 표시가 여럿이 아닌가. 모든 것을 잊고자 한다면, 폰을 꺼 놓아야 했으리라. 그러나 목숨 줄을 어찌 놓으랴. 목구멍이 포도청인지라 그도 쉽지 않다. 한 달 후쯤 출근하기로 정한 곳에서 출근 날짜를 앞당겨 줄 수 없느냐는 문자가 보인다. 결국 계획의 절반도 채우지 못하고 돌아온다. 동행한 지인을 두고 혼자 돌아오며 아쉬워하던 일이 어제의 일처럼 생생하다. 어디 그 사진뿐이랴.

해맑게 웃음 짓는 꼬마가 내 시선을 잡는다. 얼마 전 태어난 손주 사진이다. 유독 살갑게 정을 주던 조카가 결혼하더니 저를 똑 닮은 녀석을 순산한 것이다. 세상살이에 허둥대느라 나이도 잊고 지냈는데 느닷없이 '할머니'란 칭호를 선물 받은 격이다. 내가 벌써 할머니가 되었나 싶어 서글프다가도 손주가 함박웃음을 지을 때면 가슴이 속절없이 차오르는 것을 어찌하랴. 놈은 기특하게도 이 모든 추억을 온전히 끌어안고 있다.

답답증을 풀고자 힘찬 파도 소리를 찾아 떠났던 흔적도 고스란히 담겼다. 어렵게 얻어진 짬을 이용해 무작정 떠났던 바닷가, 하얗게 부서지던 파도도 불이 붙은 듯 붉게 타오르던 석양도 잊을 수 없다. 사진 속엔 생업에 고단함은 보이지 않는다. 여행의 설렘과 활기찬 모습이 오롯이 담겨 있다. 하여간 녀석의 역할이 어디 사진뿐이겠는가.

나는 자타(自他)가 인정하는 길치다. 여행길에서 길을 찾지 못해 헤매는 일은 흔한 일이고, 삼십 년 넘게 사는 도시에서도 길을 헷갈리는 적이 한두 번이 아니다. 몇 년 전 홀로 수녀원의 친구를 만나러 간 적이 있다. 아침 일찍 나섰지만, 그만 고속도로에서 길을 잃고 헤매느라 약속 시각을 훌쩍 넘겨 도착한다. 무슨 일이 생긴 건 아닐까 안절부절하던 친구의 모습도 어제 일인 듯 떠오른다. 그때의 일로 나는 두고두고 '길치'라고 놀림을 당하고 있다.

이제 지리에 관한 두려움은 없다. 녀석이 멋진 길잡이 역할을 대신하고 있잖은가. 녀석만 있으면 낯선 곳으로 떠나도 아무런 걱정이 없다. 여행을 좋아하는 내게 이보다 좋은 동행자가 어디 있으랴. 무거운 카메라를 지참할 일도 길을 잃을까 걱정할 일도 없다. 이제 용량이 모자랄까 두려워할 일도 없다. 따로 저장할 공간이 있음을 배우지 않았던가. 또한, 생업에 지장을 줄 정도로 심취하지 않으니 흔히 말하는 폰 중독을 걱정할 일도 없다.

돌아보니 핸드폰은 나의 단짝이나 다름없다. 반면 난 참으로 이기적인 사람이다. 녀석에게 많은 것을 받고도 당연하다는 듯 지낸 탓이다. 녀석의 조용한 항변은 나의 지나온 삶을 되돌아보게 한다. 인간관계도 마찬가지이다. 일방적인 보살핌이란 없다. 가까운 사이일수록 살뜰히 살펴야 하리라. '가까운 사이니까 이해하겠지.'라는 안일한 행동과 무심결에 한 말이 자칫 상대에게 깊은 상처와 아픔을 주기도 한다. 변함없이 내 손을 잡아 준 단짝에게 고마움을 느낀다. 앞으로 녀석의 심중을 깊이 읽고 몸 상태를 살뜰히 챙기리라. 오늘처럼 녀석이 또다시 무심한 얼굴로 딴죽을 걸지 않도록 살펴야 한다.

비워야 채워짐을 깨우치는 순간이다. 사진을 다른 곳에 저장하고 동안의 흔적을 지운다. 조심스럽게 녀석의 콧잔등을 터치하니 창이 순식간에 열린다. 신세계가 열리는 듯 반갑다. 핸드폰을 단짝처럼 데리고 다니지만, 녀석의 기능을 제대로 아는 게 없다. 저장 공간이 부족한 줄도 모르고 새로운 폰으로 쉬이 바꾸지도 않았다. 무심했던 내게 딴죽을 걸던 녀석이 마음을 풀고 동안의 소식을 살갑게 전한다. 비로소 내 마음도 평온을 되찾는다.

오늘도 간편한 차림으로 폰을 들고 길을 나선다. 딸이 저장해 준 음악을 들으며 길잡이 웹에 행선지를 입력한다. 궁금해 하는 딸에겐 저장된 사진을 바로 전송하여 소식을 알린다. 핸드폰은 나에게 더없는 정다운 단짝이다. 마치 바늘과 실처럼 따라다니는 그와 난 환상의 짝꿍이다.

2020 겨울호 ≪겨울호≫

뒷담화

오래전 메모이다. 이름이 적히지 않아 어느 작가인지 묘연하다. 『국어사전』에 단어가 등재되지 않았다는 메모이다. 하지만, 그의 말과는 달리 컴퓨터 화면에 단어의 해석과 의미가 보란 듯이 나타난다. 차라리 작가의 글에서처럼 사전에 단어가 등재되지 않았기를 은근히 기대했는지도 모른다. 글쓴이의 영향으로 단어가 사전에 올랐는지는 알 수 없다.

뒷담화. 굳이 국어사전을 찾지 않아도 그 의미를 짐작한다. 남의 흠을 애써 들추어내는 것까진 아닐지라도 의미가 긍정적이지만은 않다. 화자는 그것을 '스스로 내면이 가난하다는 것을 방증하는 것인지도 모른다.'라고 의문을 띄운다. 물론 '내면이 가난하다'는 말에 반론도 있으리라. 상대의 옳지 못한 의견에 대한 자기 생각을 표현한 것뿐이라고 한다면, 그것은 내면의 문제라고 치부할 수 없으리라. '숙성되지 못한 말은, 오히려 침묵만 못 하다.'라는 메모가 이어진다.

그렇다고 침묵이 모든 것을 대변하지는 않으리라. 자신의 의견을 표현하지 않아 진실이 오해로 굳어지는 경우도 적지 않다. 더구나 조직에서 어찌 매번 흑과 백을 따질 수 있으랴. 더구나 상대가 상사라면 반박하기는 쉽지 않다. 아니 후배라 할지라도 쉬운 일은 아니다. 생각과 현실이 늘 일치하는 것만은 아니다.

자신이 옳다고 믿었던 일이 그렇지 않은 경우를 경험한 적이 있으리라. 신이 아니기에 할 수 있는 실수이다. 하지만, 사실을 톺아보기에 앞서 험담부터 한 뒤라면, 상황 정리는 쉽지 않다. 자신의 말을 증명하고자 더해진 말은 눈덩이처럼 커지지 않았을까. 그뿐이랴. 죄 없는 이를 험담했으니 밀려오는 부끄러움은 어찌하랴. 남들이 모른다고 할지라도 스스로는 잘못되었다는 것을 너무도 잘 알고 있지 않겠는가. 문득 오래전 겪었던 일이 생각난다.

처음 보는 얼굴이었다. '이 비서님 맞죠. 남편이 절대 아닐 거라고, 결혼 잘했는데 무슨 말이냐고 해서요.'라며 묘한 표정을 지었다. 그의 말 뒤에 숨겨진 뜻을 왜 모르랴. '시집을 잘 갔는데 왜 채소 가게를 하고 있느냐는 호기심 가득한 표정이었다. 남편은 유통업에 종사하고 있었다. 단체 급식소에 납품하며 가게를 겸했고, 그것을 부끄럽게 여기진 않았다. 난 '채소를 팔고 있으면 결혼을 못 한 건가요.'라고 되묻고 싶었지만, 목으로 넘어오는 말을 애써 눌렀다. 다음에 함께 오면 맛있는 차를 대접하겠다고 웃으며 그를 보냈다. 그날 부부는 나의 이야기를 안주 삼아 시원하게 맥주를 마셨으리라. 오래전 일이지만, 당돌하던 그녀의 얼굴이 지금도 또렷하다. 그렇다고 뒷담화가 모두 부정적인 것만은 아니다. 친구들과 나누는 즐거운 대화에서 뒷담화는 단골 소재이다.

그중 배우자에 대한 뒷담화는 단연코 으뜸이다. 평소 참았던 불만을 너도나도 풀어내지만, 정말 미워서 하는 경우는 드물다. 뒷담화를 핑계 삼아 은근한 자랑을 늘어놓는다. 그럴 땐 살짝 눈을 흘기며 '넌 좋겠다.'고 핀잔을 주지만, 듣는 이도 말을 하는 이도 기분 좋게 웃는다. 하지만, 애써 좋게 포장한다 할지라도 단어에 담긴 부정적인 의미를 감출 수는 없다.

메모는 '삶의 지혜는 종종 듣는 데서 비롯되고 삶의 후회는 대개 말하는 모습에서 비롯된다.'라고 이어진다. 귀는 열고 입은 가능한 닫으라는 의미이리라. 또한, '뒷담화의 화살촉이 훨씬 더 날카로운 모습으로 변해 자신을 공격하는 것을 두려워해야 한다.'라는 조언도 빠트리지 않는다. 때론 스스로 억울하여, 때론 상대가 밉고 싫어서 한 뒷담화가 부메랑으로 돌아와 '상대가 아닌 자신을 공격한다.'라는 뜻이리라.

요즘은 뒷담화도 글로벌 시대를 맞고 있는 것만 같다. 자신의 국가에 이득이 된다면, 하루도 지나지 않아 밝혀질 진실일지라도 거침없는 험담을 쏟아낸다. 아니 책임지지 않을 말들로 어제의 아군이 돌연 적군이 되기도 한다. 그것이 어디 국가 간의 일뿐이랴. 나라의 높은 자리에 앉은 수장이 진로가 다르다 하여 입에 담지 못할 험담을 앞다퉈 쏟아낸다. 상대를 천 길 낭떠러지로 밀어버리는 살기어린 폭언도 서슴지 않는다. 코로나 19 시대에 소시민이 이를 악물고 버티는 중에도 그들은 뒷담화에 취해 허적거린다.

검색 결과에 대해 아쉬움은 여전하다. 순간 스치는 생각에 다시 인터넷 창을 연다. 일반 커뮤니티 『국어사전』에 선명히 나타났던 '뒷담화'란 단어가 『표준국어대사전』에서는 찾을 수가 없다. 일반적으로 쓰는 단어의 부정적 의미 탓일까. 『표준국어대사전』에 등재되지 않은 것이다. 그러니 이 단어는 분명 적확한 단어가 아니다. 글을 쓰며 혹여 틀린 단어를 쓸까 싶어 수시로 『국어사전』을 검색한다. 이 모든 행동은 단어의 뜻을 제대로 알고 써야 한다는 글방 선생님의 가르침 덕분이다. 작가가 글을 쓰는 것은 자신이 읽고자 하는 것이 아닌, 단 한 사람일지라도 독자를 생각하며 써야 한다는 것이다. 그러니 틀린 단어가 아닌 적확한 단어를 사용하여야 한다고 매번 강조한다. 이후로 글을 퇴고할 때는 『국어사전』을 검색하고 좀 더 적확한 단어를 찾아 사용하고자 노력한다.

다행히 '뒷담화'에 대한 글을 쓴 작가를 찾았다. 주인공은 '말의 품격'을 집필한 이기주 작가이다. 말에도 품격이 있다는 그의 글에 깊이 공감한다. 더욱이 작가라면 아름다운 말과 단어로 자기 생각을 풀어내야 하리라. 최근 우리의 언어가 세계에서 관심을 받고 있다. 한글의 아름다움과 글자에 담긴 다양한 표현력 덕분이리라. 하지만, 언어에 담긴 품격도 한몫하지 않았을까. 우리의 자랑스러운 언어가 품위를 잃지 않도록 나 또한, 단어의 선택에 신중을 기하리라.

  * 참고: 이기주『말의 품격』

선물

낯선 도시의 풍경을 즐기고 싶어 국도로 향한다. 숙소에 도착하는 시간이 좀 늦어진들 어떠랴. 기다리는 이 없고 일정도 없으니 서두를 필요 없다. 지나는 풍경들은 매 순간 다르게 다가온다. 수수밭은 알곡이 제법 토실하다. 옥수수는 여린 수염을 길게 늘어뜨리고 있지만, 알곡은 실하지 않은 듯 보인다. 평소에 눈에 들지 않던 것들이 눈에 들어오는 여정이다.

설렘과 두려움을 안고 떠나는 여행길이다. 생업의 굴레에서 벗어나 낯선 도시로의 여행은 늘 누군가와 동행하였다. 나는 혼자 여행길에 오를 정도로 모험심이 강하지 못하다. 하지만, 이번 참에 큰 용기를 낸다. 홀로 집을 떠나 몇 날을 머물러보자 작정한 일정이다. 딸들이 함께 가자는 말을 뒤로하고 홀연히 출발한다. 스스로 주는 두 번째 선물이라 해도 좋으리라.

십오 년 전에도 스스로 준비하고 받은 선물이 있다. 거듭된 불상사로 가정도 사업도 유지하기 어려웠다. 그렇다고 어린 두 딸의 손을 놓을 수도 없었다. 가장으로서 두 딸과 시작한 생활은 잠자는 시간을 줄여가며 일을 해도 부족한 형편이었다. 지난한 삶을 버텨낼 응원이 간절했다. 당장 살아갈 일이 다급하지만, 눈을 질끈 감고 빨간색 자동차를 주문한 것이다. 나에게 줄 선물이다. 큰 선물을 받았으니 앞으로 잘 이겨내라는 압박이라 해도 좋았다. 작은 차에 "풍뎅이"란 이름도 지어주었다. 숨을 쉴 수 있는 공간이 필요하였다. 그렇게 풍뎅이는 나의 산소 호흡기나 다름없었다.

빨간색 마티즈를 타고 곳곳을 돌아다녔다. 생업에 쫓겨 종종대니 숨이 잘 쉬어지지 않을 때가 많았다. 새벽에 집을 나가 한밤중이 되어서야 돌아왔다. 두 딸과 얼굴을 대할 시간도 부족했다. 하지만, 아이들은 다행히 나보다 잘 견뎌주었다. 두 딸을 지켜야 했기에 무너지면 안 되었다. 아니 무너질 수가 없었다. 갑갑증이 목까지 치밀어 오르면, 짬을 내서라도 길을 떠났다. 지리산 노고단도 땅끝마을도 어둠을 가르고 달렸다. 풍뎅이는 숨이 턱까지 찬들 투정하는 법이 없었다. 작은 몸집 탓에 산골 강풍에 마구 흔들릴지라도 포기를 모르는 기개가 대단했다. 풍뎅이와 떠났던 그 많은 시간이 날 잡아주었다. 멀리 떠나보낸 나의 첫 선물 마티즈의 당찬 모습이 아직도 눈에 선하다. 생각해보니 유년 시절 큰오빠에게 선물 받았던 가방도 빨간색이었다.

큰오빠는 서울에 있는 학교로 진학했다. 부모님은 오빠의 뒷바라지에 최선을 다했지만, 보내주신 생활비는 생활하기에 턱없이 부족했으리라. 오빠는 부족한 생활비를 충당하고자 새벽마다 신문 배달로 돈을 마련했단다. 어린 나는 그런 상황은 알지 못한 채 오빠가 선물한 빨간색 책가방만 마냥 좋아했다. 초등학교를 입학하는 막냇동생에게 책가방을 선물하고자 빠듯한 생활비를 더 아껴야만 했을 그 마음을 어찌 알았으랴. 큰오빠의 무뚝뚝하지만, 한없이 다정했던 마음을 이제야 가늠한다.

선물이란 마음을 나누는 일이다. 누구나 선물할 대상을 떠올리면, 그가 무엇을 받으면 기뻐할지를 먼저 생각한다. 받는 이가 마음에 부담을 느끼지 않을 정도가 적당하겠지만, 오랫동안 잊히지 않을 특별한 선물을 준비하기도 한다. 내게는 큰오빠에게 받은 빨간색 가방이 그러하다. 풍뎅이를 빨간색으로 선택한 것도 큰오빠에게 받은 책가방의 여운이지 않았을까. 고등학생 어린 오빠가 달콤한 새벽잠을 떨쳐내고 달렸을 골목길 풍경이 눈에 보이는 듯하다. 문득 몸과 마음에 관해 들었던 이야기가 떠오른다.

몸과 마음은 하나라고 여겼다. 생각을 따라 움직이는 육신이 정신과 하나가 아니라는 말이 쉽게 이해되지 않는다. 어느 스님이 '그동안 빌려준 몸 잘 쓰고 갑니다.'라 인사하고 입적에 드셨다는 이야기이다. 스님은 몸과 마음이 하나가 아니라는 생각에서 하신 행동이리라. 이생에 사는 동안 신체를 빌려 쓴다니 미혹한 중생은 이해하기를 포기한다. 하지만, 그 말을 듣기 전과 생각에 변화가 있음을 느낀다.

가끔은 생업을 쫓다 지친 몸을 쉬어줄 요량으로 길을 떠난다. 나는 낯선 도시를 좋아하여 즐겨 찾는다. 그렇다고 그곳에서 살고 싶은 것은 아니다. 다만 익숙하지 않은 풍경과 그곳 사람들이 살아가는 일상을 바라보며 나를 바로잡는다. 지친 심신을 다스리기에도 더할 나위 없다. 그런 연유로 풍뎅이와 인연도 맺게 된 것이다. 난 여전히 낯선 도시로의 여행을 즐기고 있다. 이만하면 이승에서 빌려 쓴 육신에 최소한의 예의를 지키고 사는 것일까.

아니 육신을 쉬게 한다는 말은 핑계이다. 난 늘 마음이 원하는 여행을 즐겼지 싶다. 삶은 매 순간 살얼음판을 걷는 듯하다. 물론 가장을 자청한 삶이 힘겹기만 했던 것은 아니다. 두 딸이 주

는 기쁨도 많았고 문학이란 터에 씨앗을 뿌리고 결실의 즐거움
도 누린다. 하지만, 생업에 대한 불안감은 때때로 나를 초조하게
한다. 나이가 들수록 초조함은 강도가 점점 커진다. 생업의 재계
약 시점이 다가오면 신경은 예민해지고 젊지 않다는 핸디캡이
나를 옥죈다. 지금껏 육신이 나의 삶을 지켜왔건만, 내 마음은
염치없이 육신을 탓하고 있는 모양새이다.

홀로 떠나는 위험한 일정이 무슨 선물이냐는 이도 있으리라.
하지만, 한 생이 어찌 안전하기만 하랴. 지나온 시간을 돌아보니
늘 예기치 못한 장애물의 연속이었다. 그 앞에 속절없이 무너진
적도 있지만, 오뚝이처럼 일어서기를 반복한다. 장애물의 높낮
이를 가늠하고 미리 겁먹을 필요는 없다. 어찌 보면, 두려움이란
녀석은 더없이 나약한 놈이다. 그는 사람의 마음을 흔드는 일 외
에는 아무것도 할 줄 모르는 존재이다. 몸과 마음이 어긋나지 않
도록 보폭을 맞춘다면, 두려움이란 놈은 흔적도 없이 사라지리
라. 들녘의 풋풋한 향기와 모습들이 흐트러진 마음을 다독인다.

우리네 삶도 창밖의 풍경과 다르지 않으리라. 수수밭의 알곡
처럼 알차게 익어가는 삶이 있는가 하면, 옥수수처럼 때에 이르
지 않아 알곡을 채울 새 없이 엉성하게 모양만 갖춘 삶도 있으리
라. 난 누군가의 눈에 돋보이는 삶을 원하진 않는다. 작고 소소

할지라도 알차게 여물어가는 삶이길 소원한다. 낯선 듯 익숙한 풍경들과 눈 맞춤하다 보니 도착지에 닿는다. 대문을 들어서니 정원은 오랜 세월 정성을 기울인 듯 여러 종의 수목과 꽃들이 울창하다.

활짝 핀 산국이 떨어지는 빗방울에 부딪혀 춤을 춘다. 먼 길을 달려온 나를 기꺼이 반겨주는 몸짓인가. 손수 집을 지었다는 주인장은 찐 감자와 함께 잘 볶은 원두를 갈아 향기 좋은 커피를 내려준다. 친절한 주인장과 담소를 나눈 뒤 숙소로 든다. 짐을 정리하고 테라스에 나와 빗방울이 떨어지는 소리에 귀를 기울인다. 마음이 평온하다. 두려움이 내재한 선물이지만, 막상 선물을 풀어보니 설렘이 더 크다. 나에게 준비한 이번 선물도 매우 흡족하다.

≪창작산맥≫ 2020년 겨울호. 제34호

우물

오늘도 물을 길러 마트로 향한다. 물지게는 필요 없다. 이미 다양한 통에 가득 담겨 있어 두레박을 내리고 올리는 수고로움도 던다. 마트 우물은 바닥을 드러낸 적이 없다. 봉이 김선달이 이 풍경을 본다면, 어떤 표정을 지을까. 희대의 사기꾼이라 불렸으나 이 시대에 머물렀다면, 그는 분명 대단한 사업가였으리라. 대동강 물을 팔고자 했다니 그 기지가 참으로 놀랍다. 그인들 먼 후세에 정말 돈을 내고 물을 사 먹을 줄 어찌 알았으랴. 물을 한 아름 안고 집으로 향한다.

물을 사 먹는 일은 너무 자연스러운 일상이다. 이제 가정에서 수돗물을 정수 없이 마시는 이는 없다. 깊은 계곡물일지라도 선뜻 마시는 사람도 없으리라. 하지만, 물을 슈퍼에서 사게 된 역사는 그리 오래지 않다. 아마도 88올림픽 전후였으리라. 외국 선수들에게는 익숙해졌을 휴대용 생수가 슈퍼에 등장한 것이다. 역사는 짧으나 생수는 우리네 일상에 깊숙이 들어와 있다. 삶의 질이 높아진 연유도 한몫한다. 두레박을 내려 물을 긷던 고향 집 우물이 떠오른다.

마을 앞 신작로 옆으로는 넓은 개울이 흐른다. 산촌 계곡물이 기에 사철 맑은 물이 흐른다. 하지만, 장마철에는 황톳물이 불어 나 무서운 개울이다. 너울거리는 황톳물에 소와 돼지 등이 떠내 려가는 일은 예삿일이다. 하지만, 신기하게도 개울물이 둑을 넘 는 일은 없었다. 80년도 초 대홍수가 났던 해에 처음 겪는 일이 란다. 그해 장마는 엄청났다. 여느 때와는 달리 개울이 무서운 속도로 둑을 넘어왔다.

나무며 잡동사니가 황톳물과 뒤엉켜 마을로 밀려들었다. 가족 들과 피신한 마을주민들은 모두 망연자실했다. 마을로 이어진 신작로마저 무너져 차량의 통행도 막혔다. 도시에 볼일이 있을 때는 산길로 돌아 읍내로 나갔다. 오염된 개울물은 샘까지 점령 해버렸다. 비가 그치고 모두 집으로 향했으나 그들의 일상은 쉽 게 되돌아오지 않았다.

논밭과 개울에 물이 넘쳐났다. 하지만, 사람이 먹을 물은 턱없이 부족했다. 그날부터였으리라. 다행히 높은 지대에 있던 우리 집은 침수를 면했다. 덕분에 마을 사람들은 우리 집 우물을 길어 사용했다. 돌로 동그랗게 쌓아 올린 작은 우물이지만, 기특하게 도 물은 멈추지 않고 솟았다. 사람들이 많이 모일 때에는 간혹 흙탕물이 보였다가도 곧 맑은 물이 차올랐다. 홍수로 마을이 침 수된 이후 많은 변화가 생겼다.

　나라에선 마을을 높은 지대로 옮기란다. 마을 위치가 낮아 위 험하다는 것이다. 나는 산 아래 외딴집이었던 우리 집 옆으로 마 을이 생긴다는 소식에 신이 났다. 해가 지면, 나는 꼼짝없이 외 톨이가 된다. 친구들과 놀고 싶어도 가로등 없는 논둑길을 오르 는 일은 너무 무서워 포기해야만 한다. 그러나 이젠 그럴 일 없 다. 친구들과 늦도록 얼마든지 놀 수 있다는 기대감에 잠도 오지 않았다. 모양도 지붕도 똑 닮은 최신식 벽돌집이다. 우물도 신식 인 펌프이다. 펌프에 물을 조금 넣고 손잡이를 위와 아래로 움직 이면, 맑은 물이 끝없이 솟는다. 생전 남의 것을 탐하지 않던 어 머니가 이웃집 우물을 부러워하는 모습을 보고 아버지는 우리 집 에도 펌프 샘을 만드신다. 우리집을 마지막으로 마을 어느 집도 더는 두레박으로 물을 길어 쓰지 않는다. 우물은 한여름 수박과 참외를 시원하게 품어주는 것으로 자신의 존재를 지키고 있다.

요즈음 고향 마을은 또 다른 변신 중이다. 슬레이트 지붕에 시멘트로 지어진 집들이 헐리고 알록달록 예쁘게 꾸며진 펜션이 들어서고 있다. 무너져가는 집을 그냥 두기도 도시 생활을 접고 귀농하기도 어려운 이들이 고향 집을 팔아버린 탓이다. 우리 집도 그중 하나이다. 부모님이 돌아가시자 큰오빠는 외지인에게 집을 넘긴다. 이후 우물이 어찌 되었는지 알 수 없다. 가끔은 두레박으로 길어 올린 시원한 고향 집 우물물이 그립다.

"물이 생명"이란 말은 너무 평범한 말일까. 개울은 폭이 점점 좁아지고 흐르는 물도 턱없이 적다. 가뭄도 잦아 농사일에도 어려움을 겪고 있다. 물 부족이 시골의 문제만은 아니다. 문득 텔레비전에서 본 오지의 풍경이 기억난다. 봉사단체가 아프리카 지역을 찾아 우물을 만들어주는 과정을 다룬 다큐멘터리 프로이다. 오지 사람들은 새벽부터 집을 나선다. 제대로 된 신발도 없이 뜨거운 도로를 몇 시간이고 걷는다. 먹을 물을 구하고자 떠나는 강행군이다.

힘겹게 찾은 우물은 그들만의 것이 아니다. 물이 귀한 탓에 목마른 동물들도 우물을 찾아 모여든 것이다. 상황이 그럴지니 물이 어찌 깨끗할 수 있으랴. 하지만, 동물의 배설물과 온갖 병균들로 오염된 물일지언정 방법이 없다. 아이들은 물이 가득 찬 통을 들고, 올 때보다 고단한 몸을 이끌고 집으로 향한다. 누르스름한 빛깔의 물을 마시고 목숨을 잃은 이들도 적지 않다. 하지만, 아이러니하게도 그들은 생명을 유지코자 그 물을 마시고 있다. 또한, 뜨거운 태양 빛 아래 고단한 행진도 멈추지 못한다. 봉사단체는 그런 오지를 찾아 펌프 샘을 만든다. 그것은 단지 샘을 만들어주는 일이 아닌 벼랑 끝에 내몰린 생명을 지키는 일이다.

펌프에서 쏟아지는 물이 햇살을 받아 보석처럼 반짝인다. 구경하는 사람도 펌프질하는 사람도 탄성을 지른다. 어린아이들은 쏟아지는 물세례를 온몸으로 받고 펄쩍펄쩍 뛰며 좋아한다. 봉사자들 얼굴에서 물인지 눈물인지 모를 액체가 흐른다. 물 없이는 지구상 어떤 숨탄것들도 그 생명을 유지할 수 없다. 물론 물은 우리에게 위협을 가하기도 한다. 그것은 귀한 것을 귀한 줄 모르는 인간에 내리는 엄중한 경고이리라.

물이 마를 새 없이 샘솟는다. 오지의 펌프 샘도 마트 우물도 물을 긷는 사람들로 문턱이 닳는다. 나도 물을 한 아름 안고 슈퍼 문을 나선다. 마침 서산마루에 노을이 붉게 물들고 있다. 집으로 향하는 사람의 등도 노을빛으로 물든다.

파
수
꾼

66

이생에 온 우리는
지금의 육신을 빌려 산다는 것이다.
나의 몸과 정신이 하나라고 여겼는데,
각기 다른 존재란다.
또한, 우리가 인생을 살며 동고동락할 육체를
함부로 부리지 말며 깊은 애착도 두지 말란다.
어찌 보면 우주의 진리를 무시하고
육신을 함부로 하는 나에게 통증으로 일침을 가하니
녀석은 충실한 파수꾼이지
않은가.

99

기를 쓰고 행복하지 않아도 된다

딸아, 결국엔 네가 갈망하던 일을 하게 되어 참 좋다. 이제야 말로 너만의 시간을 즐길 수 있는 여유를 부릴 때야. 전철을 타고 한두 정거장만 가면 네가 좋아하는 미술관과 공원이 있구나. 보폭을 조금 늦추고 자신에게 휴식이란 선물을 주면 어떨까 싶다.

좋아하는 일일지라도 자신을 너무 구속하지 마라. 고대하던 일을 하니 밤을 새워도 힘들 줄 모르겠다던 네 말이 자꾸 걸린다. 물론, 좋아하는 일에서 오는 피로감이라면 기꺼이 즐겨라. 하지만, 아직도 네가 자신에게만은 냉혹하다는 생각이 든다. 몇 날밤을 새우기도 하고 때론 새우잠을 자고 출근한다는 말을 들으면 가슴에 돌덩이가 내려앉는 것만 같다. 결국엔 사람이 하는 일 아니니. 피곤할 때는 종일 침대에서 뒹구는 여유도 가지렴. 아직은 많은 부분에 갈급하지만, 지난 십여 년의 시간을 생각해 보자. 네가 대학에 입학하던 해 봄날을 기억하니. 다행히 그날 이후 잘 웃고 살가운 딸로 돌아와 열망하던 일도 하게 되어 고맙 다. 기억하고 싶진 않지만, 그날의 폭풍 같던 일이 우리를 더욱 더 단단하게 해주었지 싶다.

알 수 없는 감정들이 부딪히는 소리는 요란했지. 너는 너대로 나는 나대로 틈새를 막고자 무던히 애쓰던 일이 무색하게 감정 의 둑은 터지고 말았다. 혹여, 서로에게 상처가 될까 참았던 울 분은 오히려 더 날카로운 창이 되지 않았나 싶다. 한번 터진 감 정의 둑은 마치 폭주하는 기관차와 같았지. 이성은 사라지고 뿔 난 감정들만 쏟아졌으니 누군들 그 파편에 온전했겠니.

누구의 잘못도 아닌 생의 고단함이 만든 울분이었다. 모든 것 은 흘러가리라, 잊히리라 여겼다. 하지만, 닦지 않은 거울엔 사 물이 제대로 보이지 않는 이치와 같았지. 부모와 자식 간에 힘겨 운 일은 서로 보듬고 위로를 해야 했었다. 우린 상대에게 짐이 될까 싶어 참는 것이 최선이라고 생각했지. 외롭고 불편한 감정 은 감춘다고 감추어지는 것이 아니더구나. 오히려 또 다른 울분 이 되어 쌓이고 있었지. 우린 그 부피도 높이도 바라볼 여유 없이 살았던 거야. 네 동생이 새벽 4시에 대문을 박차고 나서기 전까지 말이다.

　그제야 정신이 들었어. 녀석은 교복에 가방을 메고 외투는 입지 않은 채였다. 엄마와 언니의 감정 포탄에 녀석의 가슴인들 온전했겠니. 자신이 해결할 수 있는 일이라곤 없으니 자리를 뜨는 것이 최선이라고 생각했을 거야. 아니 너와 나에게 할 수 있는 가장 강한 항변이었을 지도 모른다. 봄날에 때아닌 폭설이 펑펑 내리던 새벽 4시, 맨발로 뛰어나가 녀석을 붙잡고 나서야 너도 나도 이성을 찾았지.

　턱까지 차오른 울분이 그리 표현될 줄 어찌 알았으랴. 넌 특정 대학의 신문방송학과를 가고자 쉼 없이 달렸지. 어미라는 이름뿐 그때도 지금도 큰 도움이 못 되었으니 할 말이 없다. 수험생의 필수코스인 학원도 제대로 보내본 기억이 없다. 과외는 더더욱 꿈도 꿀 수 없었으니 네가 할 수 있는 일이라곤 오직 자신과 싸움이었지. 기숙사 독서실을 마지막까지 지키던 것이 늘 너라는 말을 들었을 때도 난 그 외로운 도전을 외면할 수밖에 없었다.

　네가 '유전무죄 무전유죄'란 말을 모르길 기원했다. 친구들처럼 예쁜 옷을 입고 외출하는 걸 본 기억이 없다. 교복 외에는 줄

곳 운동복 차림이었지. 옷 따위엔 관심도 없는 듯 보였다. 도서
관과 기숙사에 매달려 외출할 시간이 없으니 필요하지도 않았을
거야. 그런 너에게 세상 또한 너그럽지 못했다. 기숙사에서 지독
스러울 만큼 공부에 매달리던 네가 독감으로 열이 40도를 오르
내린 적이 있었지. 하지만, 관리자는 네가 외출을 하고 싶어 거
짓으로 말한다며 간단한 열 검사도 하지 않아 큰일을 치를 뻔했
지. 그때를 생각하면 아직도 심장이 두근거린다. 다음날에야 사
실을 알고 담임에게 전화를 드렸더니 그의 대답이 나를 또 한 번
무너지게 하더구나. 사람도 세상도 야속했다. 하지만, 목구멍을
타고 오르려는 노기를 애써 눌러야만 했어. 난 너의 듬직한 언덕
도 되어 주지 못했다는 죄책감이 심장을 짓누르는 느낌이었다.
그러나 넌 어미보다 대범했지. 그러던 네가 달라지기 시작했어.
  딸아, 넌 수능시험을 보고 난 뒤 이전과 다른 모습으로 변해갔
어. 수능을 준비하던 의연한 모습이 아니었다. 기대에 못 미치는
결과로 절망하던 모습에 내 가슴도 무너졌지만, 아는 체할 수가
없었다. 오히려 재수는 안 된다고, 사립대는 더더욱 보낼 수 없
다고 야멸차게 말했지. 장학금 지원이 확정된 지방 국립대를 선
택하자는 어미에게 재수하고 싶다는 네 속마음을 어찌 말할 수
있었으랴. 어미의 뜻대로 지방대에 입학하던 날 '엄마, 때론 친

구들이 놀자 해도 후회하게 될까 봐 참았어. 옷을 예쁘게 챙겨 입으면 다른 마음이 생길까 일부러 운동복만 입었어. 그런데 늘 놀기만 했던 친구와 같은 교정을 걷고 있는 내가 미워. 조금만 더 노력할 걸, 아니 조금만 덜 잘걸, 그도 아니면, 그때 친구들과 어울려 놀기라도 하며 공부할 걸 후회가 돼. 그러니 엄마, 나 조금만 봐주면 안 될까. 나 6개월만 하고 싶은 것 다 하며 살아보고 싶어.'라고 말하는 너에게 어찌 아니 된다고 할 수 있겠니.

너의 첫 해방구는 머리였다. 온통 샛노란 개나리 꽃물을 들이고 환하게 웃던 너를 나도 웃으며 반겼다. 아니 술을 먹고 하는 주정도 귀엽게 받아주었지. 하지만 새벽이 다되어 몸도 가누지 못한 채 친구 등에 업혀 온 너를 보니 가슴이 무너졌다. 그 모습은 네가 못해본 것을 원 없이 해보는 것이 아닌 자신을 스스로 망가뜨리려는 것만 같았다. 얼마나 더 나를 시험할 거냐며 통곡하는 어미를 보고 너는 오히려 화를 냈지. 그날은 너도나도 속울음 울던 자제력이 무너지고 말았다.

딸아, 자신을 너무 혹독하게 몰아붙이지 마라. 너는 모든 일에 늘 최선을 다했어. 언젠가 네가 하는 말이 귓가를 떠나지 않는다. '엄마, 윤수에게는 왜 내게 했던 것처럼 하지 않고 그리 너그럽고 관대해.'라고 투정 아닌 투정을 하는 모습에 너무 미안했다.

하지만, 그건 네게 하지 못했던 것에 대한 보상 같은 거라면 이해해 줄 수 있겠니. 딸아, 이제 자신에게 하던 채찍을 조금은 내려놓길 바란다. 기를 쓰고 행복하지 않아도 된다. 지금의 평화로움이 얼마나 소중한 것인가를 우린 느끼고 있잖니.

지난여름 우리 세 모녀가 떠났던 제주도 여행을 기억하자. 화려하지는 않지만, 태풍 속에서 널뛰는 바다를 보는 것만도 좋았지. 숙소로 돌아가던 길 태풍의 강한 바람에 쓰고 있던 우산이 망가져도 우리는 웃으며 즐거워하지 않았니. 그래, 이런 소소한 행복이 진짜 행복일 거야. 이제 조금만 스스로 관대해지자. 라디오에서 들려오는 '기를 쓰고 행복하지 않아도 된다.'라는 말이 꼭 너에게 하는 말 같았어. 이제 거울에 비친 너의 꽃처럼 고운 모습을 보며 생의 속도를 조절해보렴. 네 모습이 봄 햇살처럼 빛나고 있단다.

달리고 싶다

　빈 벽에 불량배처럼 삐딱이 몸을 기대고 서 있다. 마치 달리는 것을 허락하지 않겠다는 듯 쇠줄 자물쇠에 단단히 묶인 채다. 달리라는 운명을 타고났건만 사명을 다하지 못하고 매인 모습이 쓸쓸하다 못해 갑갑하다. 그의 숨통을 풀어주고자 채워진 자물쇠를 가만히 푼다.

　물상의 관절이 삐걱거린다. 오랜 시간 비딱한 자세로 서 있었으니 성한 곳이 있을 리 만무하다. 베란다 한편에 쓸쓸히 놓인 자전거는 큰아이가 타고 다니던 것이다. 물상 최고의 시절은 아마도 아이를 태우고 교정을 누비며 달리던 때가 아니었을까. 자전거는 그 시절이 그립다는 듯 허리를 비틀어 앞바퀴가 창밖을 향해 있다. 한구석에 힘없이 묶인 자전거를 밖으로 끌어낸다.

딸아이처럼 가볍게 자전거에 오른다. 엉덩이가 안장에 닿으려는 순간 중심을 잃고 욱쓰러진다. 무릎에 피가 나는 건 문제가 아니다. 혹시나 누가 보았을까 봐 주변을 둘러보느라 아픈 줄도 모른다. 다행히 본 사람은 없는 것 같다. 딸아이 키가 나보다 훌쩍 크니 그 높이가 맞지 않는 것은 당연하다. 의자의 높이를 간과한 탓이다. 두 개의 바퀴가 하늘을 향해 빙그르르 돌며 신이 난듯하다. 오랜만에 바퀴를 굴린 자전거의 속은 후련한가. 녀석은 내친김에 신작로를 거침없이 달리기를 원하지만, 그 바람은 다음으로 미룬다.

달리고 싶은 것이 어디 자전거뿐이랴. 혈육을 찾고자 몸부림치는 사람들도 있다. 팔십년대 이산가족 재회 프로그램을 보고 울지 않은 이가 어디 있으랴. 생김새를 보고 기억을 더듬어 혈육임을 확인하고 오열하는 이를 따라 시청자도 함께 눈물짓던 일이 어제의 일처럼 눈에 선하다. 또한, 그들은 지금도 가족이 보고 싶어 애달프다. 애써 그 마음을 외면한 채 굵은 사슬에 묶여 녹슬어간 세월이 얼마인가. 덧없는 세월에 육신은 나뭇등걸처럼 주름지고 가뭄에 논바닥 갈라지듯 메말라 알아보기마저 쉽지 않다.

급기야 혈육이 아니라고 의자를 박차고 나온다. 달려가 안기고 싶었던 핏줄이건만 멈추었던 시간이 너무도 길었던가 보다. 고달픈 삶에 브레이크를 걸고 형은 이미 존재하지 않는다. 생전 한 번이라도 안아보고 싶었던 형은 어디 가고 대신에 조카를 만나는 자리이다. 사진 속 형의 모습은 오랫동안 기억하던 그 모습이 아닌가 보다. 조카의 모습 또한, 낯설기만 하니 어찌 의심스러운 마음이 들지 않겠는가. 돌아가신 형은 말이 없고, 과학적으로 입증하기엔 주어진 시간이 너무도 짧다. 먼 길 달려간 삼촌의 마음은 혼란스럽다.

남북 분단으로 혈육은 서로를 향해 달려갈 길이 막혀 있다. 머지않아 만날 수 있으리란 염원과는 달리 흐른 세월이 짧지 않다. 때론 그 길이 훤히 열릴 것만 같다가도 이러저러한 이유로 닫히기를 여러 번이다. 자물쇠에 단단히 묶인 철책은 쉬이 열릴 수 없다는 듯 무심히 녹슬어 간 것이다. 텔레비전에 나오는 뉴스를 보고 마음 졸인 것이 어디 북에 혈육을 두고 온 사람뿐인가. 순한 봄바람인 듯 불어온 화해의 꿈을 안고 힘차게 톱니바퀴를 돌리던 이들도 있다.

공장은 가동을 멈춘 채 꼼짝없이 묶여 침묵하고 있다. 제품 대부분과 기계는 낯선 도시에서 주인이 달려오기만을 기다린다. 아니 어쩌면 이미 달릴 기운마저 잃은 채로 붉게 녹슬어가고 있을지도 모른다. 서로가 품은 마음의 깊이를 간과한 탓이리라. 좀 더 신중해야만 한다. 누군가에게는 꿈이요, 누군가에게는 처절한 삶이 담긴 곳이다. 그들의 삶에 단단히 잠긴 자물쇠를 풀어야 한다.

문득 내 삶을 돌아본다. 내 삶의 바퀴는 어떠한가. 쉼 없이 달려오느라 다른 사람의 마음결을 간과한 적은 없는가. 그러고 보니 큰아이를 임신했을 적이 떠오른다. 키 작은 마른 몸에 유독 배만 도드라진 모습이다. 남산만 한 배를 끌어안고 뒤뚱거리며 일을 멈출 수가 없었다. 어찌 그 시간을 고단했다고만 기억하랴. 오직 미래에 대한 기대감에 거침없이 달렸던 것 같다. 예기치 못한 시련에 풀지 못할 자물쇠를 채울 줄 어찌 알았으랴.

우리는 저마다 살아오며 힘차게 달렸던 인생길을 추억한다. 때론 몸이 마음보다 더 많은 것을 기억하기도 한다. 과거의 거침없던 열정이 현재의 나를 달리게 하는 것일 수도 있으리라. 문득, 지금껏 달리지 않았던 낯선 길을, 아니 누군가가 달리고 있을 훤한 길을 달려 보고픈 욕구가 강렬하다. 지난날 앞만 보고 전력 질주했다면, 이제는 그리하지 않으리라. 동행하는 이의 마음 길과 주변의 풍경도 살피리라.

나를 자빠트린 자전거는 언제 그랬냐는 듯 얌전히 제자리에 놓여있다. 쓰러진 내 모습에 박장대소하듯 뱅그르르 돌던 바퀴도 다시 창밖을 향한다. 너무 오랜 기간 녀석을 외면할 순 없다. 아니, 훗날 달리고자 마음먹을지라도 브레이크가 붉게 녹슨 뒤라면, 달릴 수 없으리라. 서로가 염원하는 지금, 맑은 종소리를 울려야 한다.

바퀴는 거침없이 신작로를 달리는 것이 원형이자 본능이다. 혈육을 염원하던 이들의 마음에도, 열정을 다해 톱니바퀴를 돌리던 이들에게도 날파람이 아닌 순풍을 가득 채워야 한다. 구석에 있는 자전거 안장을 툭툭 쳐본다. 녀석이 부스스 반응하는 듯하다.

요즈음 새롭게 달리고 싶은 길이 있다. 인생길이 향한 곳, 삶의 갈피마다 서린 마음을 뒤돌아본다. 그리움에 가끔은 눈물짓고 때로는 배시시 웃는 이들과 함께 수필의 오솔길을 달리고 싶다. 자전거를 타고 주변 풍경을 보며 천천히 달린다. 감성이 붉게 녹슬어 창작의 톱니가 어긋나기 전에 사유의 바퀴를 살펴야 한다. 삐걱거리고 녹슬기 전에 내 삶을 퇴고하여 수필의 울창한 숲을 꿈꾼다.

− ≪에세이포레≫ 2020년 봄호. 통권 64호

검지

손톱을 지적하는 소리에 흠칫 놀라 손가락을 오므린다. 부엉이 발톱처럼 뭉툭하게 굽은 손톱. 예기치 않은 사고로 변형된 애증의 검지이다. 당혹스러워하는 내 모습에 손톱을 가리킨 손님도 머쓱하다. 손님이 돌아간 뒤, 심란한 마음이 쉬이 가라앉질 않는다. 생채기가 돋아나는 듯 손끝이 아리다. 아린 느낌 따라 지난 일이 어제의 일처럼 선명하게 떠오른다.

사람의 속을 그 누가 알겠는가. 내 삶이 아니 나의 검지가 이렇게 변할 줄 어찌 알았으랴. 도통 알 수 없는 게 사람의 일이었다. 만남이 거듭될수록 호감이 가는 사람이었다. 아픔이 많은 사람은 조심스럽다고 반대하던 친정아버지도 종당엔 그에게 마음을 열었다. 게으름을 피우거나 꾀를 부리지 않는 성실함 덕분이었다. 사업이 순조롭게 성장하며 그가 만나는 사람의 폭도 다양해졌다. 하지만, 사업에 연관된 이들만 만나는 것은 아니었던가 보다.

그의 변화가 예사롭지 않았다. 시도 때도 없이 외출하는 그와 언쟁이 잦아졌다. 그의 허둥거리는 뒷모습에선 초조함까지 느껴졌다. 그를 지켜보며 이유 모를 불안감에 휩싸이곤 했다. 핑곗거리를 찾아 밖으로 도는 그를 말릴 방도가 없으니 안개 속을 헤매는 듯 불안감이 엄습했다. 팽팽하던 줄을 놓아버리면 사정없이 퉁겨져 널부러지듯, 남편의 손을 놓아 보금자리가 흔적 없이 무너질까 초조하기만 하였다.

남편이 변해가니 집안 공기도 무겁게 가라앉았다. 홀연히 사라지는 그를 타박할 수도, 마냥 이해만 할 수도 없는 노릇이었다. 그날도 예상치 못한 곳에서 그의 낯선 모습과 마주했다. 사무실로 찾아온 이와 사라진 그를 새벽녘까지 애를 태우며 기다리던 중이었다. 매서운 눈빛의 사내는 지독한 말을 토해냈다.

"전문도박단 사건입니다. 변호사를 선임할 수 있습니다."

형사의 표정은 단호했다. 서슬 푸른 그의 말에 한동안 말을 하지 못했다. 세상 모든 것이 멈추고 나 홀로 덩그러니 놓인 듯 아득해지는 기분이었다. 얼핏 형사 어깨 너머로 초라하게 웅크린 그의 모습이 보였다. 가슴에선 공든 탑이 힘없이 무너지는 소리가 들리는듯했다.

늘 밖으로 나도니 술 한잔하려니 했다. 아니 가끔은 일상에서 벗어나 유흥도 즐겼으리라. 하지만, 그것은 잠깐의 일탈이라 여겼다. 이 지경에 이르도록 놀음하리라곤 꿈에도 생각지 못했다. 더구나 식구를 끔찍이 아끼던 그가 아니었던가. 결국엔 그를 목표로 한 전문도박단의 계획된 사건으로 밝혀졌으나 사업체와 집은 풍비박산이 나고 말았다.

그의 아픔을 짐작 못 하는 바는 아니었다. 어머니를 따라 새아버지와 생활하며 어떡하든 밉보이지 않고 싶었으리라. 용돈을 받으면 슬그머니 동생들에게 양보했고, 이른 새벽부터 아버지의 일을 도운 뒤에야 학교로 향했단다. 새아버지에게 등록금을 받는 마음 또한 무거웠으리라. 어느 날인가는 바닥에 흩어진 돈을 주워 대학 등록금을 내었다며, 아마도 아버지는 실수로 돈뭉치를 땅에 떨어트렸을 것이라 애써 자신을 위로했단다. 집 어디에도 자신의 자리는 없었다는 그의 말을 듣고 이 사람의 곁을 지켜주어야겠다는 다짐을 했었다.

그에게 결혼은 해방구였으리라. 자신에 의지로 엮은 첫 보금자리, 자신만의 공간이 생긴 것이었다. 무엇보다 소중했던 공간이었지만, 남자들의 세계 또한 겪어보지 못했던 호기심의 세계였을 것이다. 늦게 찾아온 사춘기를 주체할 수 없었던 것일까. 평상시엔 그리도 성실한 사람이 카드놀이를 하자는 이들의 전화만 받으면 눈빛부터 달라졌다. 사람의 손길이 닿지 않아 무너져 가는 토담집처럼 그는 서서히 무너져 내리는 듯 보였다.

그의 영혼은 이미 누군가에게 점령당한 것 같았다. 지독한 수렁을 빠져나오질 못했다. 그곳에서 빠져나오고자 몸부림치는 듯 보였지만, 도로 자리를 맴돌 뿐이었다. 그에게 그 시간이 더 없을 자유로움이었다면, 나에게는 더 없을 고통의 순간이었다. 그의 일탈은 멈출 기미가 보이지 않았다. 기어이 불안은 현실이 되고 거친 폭풍우보다 잔혹한 토네이도가 우리를 삼켜버렸다.

홀로 세상과 타협하기란 쉽지 않았다. 아파하고 고민하는 것조차 사치로 느껴졌다. 나이보다 의젓한 큰아이는 잘 이겨내는 듯 보였으나, 점점 말수가 없어지는 작은 아이를 대할 때면 가슴이 무너졌다. 종종 지친 마음에 모든 것을 포기하고 싶은 유혹에 시달리기도 했다. 늦은 퇴근 후, 잠깐 눈을 붙였다간 아침 자투리 시간을 이용해 지인의 공장으로 출근했다. 정오쯤 일을 마치면 다시 학원으로 달려가야만 했다. 학원이 쉬는 날이면 또 다른 일을 찾았다. 여유롭게 생각이란 걸 할 수가 없었다. 힘들다는 비명조차 지르지 못한 채 그리 몇 년을 지내던 날, 사고가 나고 말았다.

뭉툭해진 검지가 아프다는 느낌은 없었다. '아차'하는 순간, 검지가 기계 속으로 빨려 들어간 것이다. 그저 뭉그러진 손가락을 멍하니 바라만 보았다. 쇠 독이 오른다며 어서 흐르는 물에 씻으라는 소리만 겨우 들렸다. 검지의 붉은 피가 물줄기 따라 줄줄 흘렀다. 묘한 느낌이 들었다. 붉은 피가 마치 그간의 시름처럼 느껴졌다. 지치고 힘들었던 고단함이 물줄기 따라 흘러가는 듯이 후련해지는 기분마저 들었다.

지나간 삶이 한 편의 영화처럼 흐른다. 가장의 부재를 인정하기 싫어 오히려 쉴 틈을 주지 않았고, 현실을 감추고자 죄인처럼 숨으려고만 했다. 겉모습에 연연한 부끄러운 내 모습이다. 비로소 검지의 상처가 현실을 인정하고 바로 볼 수 있도록 용기를 준 것만 같다. 그리 보면 검지는 내 생애 뼈아픈 상처이자, 내 삶의 꿋꿋한 증거이다.

누구나 보여주고 싶지 않은 아픔 하나씩은 가슴에 묻고 살아가리라. 나 또한 애증의 검지를 가슴에 품고 살았다. 낯선 이가 불현듯 검지를 가리키지 않았다면, 새삼 옛일을 돌이켜 생각하진 않았으리라. 잠시 흐트러진 마음을 다잡는다. 검지가 찾아준

평온한 일상을 다시 어두운 늪 속으로 빠트릴 수는 없다.

검지는 나에게 더없이 강인한 삶의 증거이다. 손안에 오므렸던 뭉툭한 손가락을 자세히 들여다본다. 그래도 이만큼의 모양을 갖췄으니 얼마나 고마운 일인가. 잠시 우울했던 마음을 툭툭 털고 일어선다. 결코, 부끄럽고 주춤거릴 일이 아니다. 검지는 현재의 나의 삶을 일깨우고, 우리 세 모녀를 당당히 걷게 해준 장본인이다. 창밖을 보니 시리도록 파란 하늘과 찬란한 햇살도 나를 응원하는 듯 눈이 부시다.

≪그린에세이≫ 2019년 통권 36호

파수꾼

녀석이 부아가 단단히 났다. 고약한 놈이 나를 그냥 봐줄 리가 없다. 그의 심기가 불편한 것은 나의 무모한 열정이 부른 행동 탓이다. 몸을 사리지 않고 부린 대가이다. 나의 일거수일투족을 간섭하는 녀석을 멀리 떠나보낼 수만 있다면 얼마나 좋으랴. 그러나 아직은 누구도 어쩌지 못하고 있다.

급기야 녀석을 어르고 살살 달랜다. 내로라하는 박사들도 밤낮으로 연구하나 묘안을 찾지 못하니 어쩌랴. 녀석의 뿔난 성정을 눅잦혀야 한다. 고통스럽지만, 아직은 녀석과 헤어질 때가 아니라고 자신을 스스로 위로하는 수밖에 없다. 그렇다고 무모한 열정의 근원지인 살피꽃밭 가꾼 것을 후회하지 않는다. 그 대가를 기꺼이 감수하고자 마음을 다잡지만, 육신은 아니 무릎의 통증은 쉬이 가라앉질 않는다. 녀석은 내 몸속 깊숙이 터를 잡은 고약한 다발성 류머티즘이다.

봄꽃이 꽃망울을 툭툭 터트리던 즈음이다. 어디론가 훌쩍 떠나고 싶어 들썩이는 마음을 다독이고자 일을 벌인다. 매장 앞 잡초가 무성한 살피꽃밭에 마음이 쓰이던 차에 기어이 호미를 들고 나선 것이다. 꽃을 심기로 마음먹고 매달린다. 짬이 날 때마다 잡초를 뽑으러 꽃밭으로 달려간다. 풀을 뽑고 씨앗을 심고 물을 주며 생쥐가 곳간 드나들 듯 들락거린 지 두어 달이다.

드디어 새싹이 뾰족이 흙을 비집고 오른다. 그 모습이 기특하다 못해 신이 절로 나 흥겹다. 그러나 이내 몸을 사리지 않은 대가를 혹독히 치른다. 조용히 잠자던 녀석이 심통을 부리며 활동을 시작한 것이다. 놈의 행동이 오늘따라 예사롭지가 않다. 며칠 전 왼쪽 무릎을 건들더니 이내 발목과 허리를 잡아채는 게 아닌가. 몸속 혈관을 마구 헤집으며 관절 이곳저곳을 치고받고 요란을 떠는 게 이번엔 꽤 오래갈 듯싶다.

녀석이 심통을 부리기 시작하면 나로선 대책이 없다. 우선 의사의 도움을 받아 녀석을 진정시킨다. 관리만 잘하면 공격적이지 않단다. 하지만 이번처럼 몸을 마구 부리면 거친 몸짓으로 신호를 보내 내가 고통의 나락으로 떨어지지 않도록 일깨운다. 그리 보면 녀석은 나의 건강을 지키는 파수꾼인 셈이다.

건강검진에서 갑자기 발견한 녀석이다. 예전에 미처 몰랐던 녀석의 존재를 알고 한동안 마음의 갈피를 잡을 수가 없었다. 하지만 의사의 지시대로 잘 따르면 통증도 견딜만하고, 증상이 악화하는 일은 없으니 매사에 신경을 쓰라는 것이다. 이후 우린 서로 타협하며 그런대로 잘 지내오던 터이다.

정신이 몸을 빌려 세상에 온다고 불교에선 표현한다. 이생에 온 우리는 지금의 육신을 빌려 산다는 것이다. 나의 몸과 정신이 하나라고 여겼는데, 각기 다른 존재란다. 또한, 우리가 인생을 살며 동고동락할 육체를 함부로 부리지 말며 깊은 애착도 두지 말란다. 어찌 보면 우주의 진리를 무시하고 육신을 함부로 하는 나에게 통증으로 일침을 가하니 녀석은 충실한 파수꾼이지 않은가. 문득 수녀원의 친구가 떠오른다.

나의 친구는 오랜 기간 수도 생활 중이다. 늦둥이로 부모의 넘치는 사랑을 받고 자랐지만, 그 기간이 그리 길지 않다. 아버지가 돌아가시고 홀어머니와 살던 친구는 결핵으로 한동안 투병 생활한 것이다. 이러구러 완쾌된 후 투병 중에 힘이 되어준 종교에 귀의하고자 수녀원에 입소한다. 그녀가 믿고 의지한 신앙 공부도 더할 겸 봉사하는 삶을 살겠다는 남다른 의지를 엿보인다.

그러나 자신의 몸보다 이웃을 위한 봉사 생활에 너무 몰두했던 탓인지 병이 재발하고 만다.

자신의 삶에서 지병은 함께할 친구라 여기며 달랜단다. 수녀원 동산을 오르며 그녀가 담담하게 웃으며 말한다. 몸이 아프다고 분노하고 억울해하며 지내기보다 받아들이고 인정하니 긍정적인 삶이 되더라는 이야기다. 고통의 내색 없이 묵묵히 수도자의 길을 걷는 친구의 미소가 얕은 동산에 흐드러진 싸리꽃처럼 하얗게 빛난다. 허약한 몸으로 수도 생활하기가 적잖이 고달프련만, 이 또한 수행의 일부라고 생각하는 듯하다. 육신의 고통에 흔들리지 않는 건강한 마음을 유지하는 비결인 것 같다.

나 또한 녀석을 원망할 일이 아니다. 이미 녀석을 알고 다스리는 법도 익히 알고 있지 않은가. 녀석이 성정이 고약하다는 표현은 맞지 않는다. 탐심에 그의 존재를 잊고 수선을 떤 것은 바로 나, 놈의 반응은 어쩌면 당연한 것이 아니겠는가. 욕심을 버리고 육신을 살피며 짬짬이 해도 될 일을 어리석게 서두르고 집착한 결과이다.

도롯가 아무도 신경 쓰지 않는 화단을 꽃밭으로 만들겠다고 나선 무모한 열정을 탓해야 하는가. 오늘은 뿔이 잔뜩 난 파수꾼에게 휴식을 선물로 건네며 화해를 청한다. 환한 햇살에 바람도 선선하다. 눈을 감고 순한 바람에 몸을 맡긴다. 조급한 마음을 비우고 별 탈 없이 더불어 살기를 원한다. 녀석 덕분에 찜질과 침 치료를 받으며 모처럼 평온한 오후를 맞는다. 또한, 세상에 온 육신의 소중함도 깨우친다. 앞으로 파수꾼의 옐로카드를 받지 않도록 좀 더 관심을 기울이리라.

아니 이제 파수꾼에게 더는 휘둘리지 않으리라. 이생에서 주어진 육신은 내가 주인이다. 파수꾼은 나의 조력자일 뿐 나를 제 마음대로 휘두르거나 다룰 위치가 아니다. 때론 육신의 고통에 의사의 도움이 필요할 때도 있으리라. 그렇다고 녀석의 횡포를 그냥 두고 볼 수만 없다. 전문가의 조언에 따라 운동도 병행하며 파수꾼을 보낼 준비를 단단히 하리라.

잠시 숨 고르기를 한다. 이내 눈길이 창 너머 살피꽃밭에 머문다. 땅을 비집고 오른 새싹들이 햇살과 노니는 모습이 살갑다. 머지않아 화단 가득 봉숭아꽃들이 흐드러지리라. 꽃들이 넘실거리는 아담한 정취의 풍경이 눈앞에 선하다. 과연 내 안의 녀석은 꽃밭을 어떤 표정으로 바라볼까. 아마도 파수꾼의 마음도 느슨해져 정겨운 풍경에 사로잡히리라.

≪에세이포레≫ 2019년 신인상 수상작

아저씨

수탉 울음소리에 화들짝 놀라 잠이 깬다. 이미 햇살이 창호지 문을 비집고 방안 가득 들어와 서성인다. 어젯밤도 끝내 잠이 들었던 모양이다. 속이 상한 나머지 주먹으로 머리를 냅다 쥐어박는다. 지난밤도 아저씨를 배웅하리란 마음과는 달리 난 또 그렇게 잠이 들고 만 것이다.

아저씨가 걸어 내려간 논둑길을 바라본다. 그 길에 미루나무가 덩그마니 서 있다. 우리 집은 마을에서 떨어진 높은 지대에 자리한다. 그런 탓에 해가 지면 인적이 뚝 끊겨 적막에 잠긴다. 외딴집의 밤은 빠르게 찾아온다. 이른 저녁을 먹고 나면 아버지는 볏짚으로 새끼를 꼬거나 멍석을 짜고, 어머니는 수확한 알곡을 고르거나 그도 아니면 바느질을 한다. 낮에 살갑게 놀아주던 언니 오빠마저 숙제하느라 나를 외면한다. 그런 탓에 엄마의 무릎을 베고 칭얼대다 잠이 드는 것이다. 그처럼 특별할 것 없던 내게 기적처럼 나타난 이가 있다. 저만치 논둑길 끝에 아저씨 집이 보인다.

저 집에 사는 아저씨는 내 소중한 동무다. 키가 크고 머리가 희끗희끗한 어른이지만, 우린 둘도 없는 친구가 맞다. 아버지가 저녁상을 물리면 난 툇마루에 걸터앉아 아랫마을로 이어진 좁은 논둑길을 눈이 빠지라 바라본다. 어른 친구를 기다리는 중이다. 그는 오늘도 어김없이 저 길로 손전등을 비추며 저벅저벅 내게로 오리라. 난 그 시간을 더없이 반기는데 부모님은 아저씨를 귀찮게 하여 어쩌느냐며 미안해하는 눈치이다. 아저씨와 마주 앉으면, 그 얼굴에서 눈을 떼지 못한다.

맛깔나게 들려주는 옛날이야기가 시작된다. 아저씨가 매일 우리 집으로 마실을 오는 이유는 바로 옛날이야기이다. 말만 마실이지 실상은 나에게 옛날이야기를 들려주고자 피곤한 몸을 이끌고 오는 것이다. 저녁만 되면 당신이 오기만을 눈이 빠지라 기다린다는 소리를 들은 이후로 하루도 빠짐없이 논두렁길을 올라오고 있다. 텔레비전이나 잡지가 귀하던 시절 아저씨가 들려주는 옛날이야기는 어떤 영화나 소설보다 나의 마음을 사로잡는다.

아저씨는 세상에서 가장 멋진 이야기꾼이다. 기골이 성대하고 성우보다 좋은 목소리를 내는 능변가다. 이야기 속 모든 인물의 목소리를 달리해가며 1인 3역 아니 1인 10역도 거뜬히 소화한다. 무서운 괴물이 나오는 대목에선 큰 눈이 더욱 커지고 거무스레한 얼굴을 무섭게 일그러트린다. 난 무서워 소리를 지르며 어머니에게 와락 달려든다. 어른들은 '껄껄껄' 소리 내어 웃지만 내 가슴은 두방망이질 친다. 이내 아저씨는 엄마 치맛자락을 붙들고 있는 나를 달래며 다시 부드러운 목소리로 공주 이야기를 이어간다.

아저씨의 입술과 눈, 손동작에서 한시도 눈을 뗄 수가 없다. 표정이며 손짓 하나하나에 이야기가 살아 움직이는 듯 실감이 난다. 절대 방심해서도 안 된다. 아저씨 이야기 속에서 언제 어마무시한 산짐승이 튀어나올지 모를 일이다. 아저씨의 이야기보따리 속 세상은 무궁무진하다. 하지만, 그토록 고마운 이야기 친구에게 난 아무것도 해드린 것이 없다. 심지어 이야기를 듣다가 매번 속절없이 잠이 들고 마는 것이다. '오늘 밤은 기필코 잠이 들지 않으리라. 돌아가는 길을 꼭 배웅하리라' 다짐도 해보지만, 단 한 번도 뜬눈으로 아저씨를 배웅했던 기억이 없다. 잠속에 빠져버린 지난밤의 내가 한없이 야속하다.

그렇듯 정다웠던 어른 친구의 목소리가 듣고 싶은 날이다. 결혼하고 아이를 키우며 아저씨에게 들은 이야기가 떠올라 가끔 내 아이들에게 옛날이야기를 들려주곤 한다. 하지만, 어쩐지 난 아저씨처럼 맛깔나게 이야기를 이어가지 못한다. 궁여지책으로 동화책을 읽어주는 것으로 대신한다. '옛날 옛적 아주 먼 옛날에…' 아저씨가 보고 싶다.

당신은 그 많던 이야기 속으로 숨어든 것일까. 들려온 소식에 아저씨는 부인이 돌아가시고 자손도 모두 출가시킨 뒤 오랫동안 홀로 계셨단다. 그 세월이 외로우셨던 것일까. 종종 현실을 잊는 듯한 증상이 치매 때문이라는 진단을 받았다. 시간이 갈수록 심해지는 증상으로 혼자 생활하기 어려워 아들이 모셔갔단다. '한번은 찾아가 봬야지.' 하면서도 생업에 종종대느라 차일피일 미루다 아저씨가 돌아가셨다는 소식을 접했다.

우리의 인생도 언젠가 한 편의 이야기가 되리라. 내 삶의 이야기보따리엔 무엇이 담겨있을까. 유년 시절을 떠올리면 괜스레 마음이 설렌다. 곁을 바삐 떠나시려고 그랬던가. 유독 부모님과 나누었던 추억이 많이 떠오른다. 엄마의 무릎을 베고 잠들던 일, 아버지가 연탄불에 구워주던 옥수수며 고구마, 어른 키보다 높게 쌓은 나뭇짐 속에서 꺼내주던 나무 열매, 밭둑에서 아버지 지게를 그늘 삼아 자고 일어나 먹던 오디와 참외도 어제의 일인 듯 선명하다. 물놀이를 하며 목말을 태워주던 아버지의 모습도 잊히지 않는다. 엄마의 작고 고운 얼굴도 마른 체구에 유독 까만 아버지 모습도 나만의 이야기보따리에 고스란히 담겨있다.

요즈음 나는 조금씩 이야기보따리를 푸는 중이다. 구수한 목소리로 옛날이야기를 들려주던 아저씨처럼 나는 이야기보따리를 풀어 글을 쓴다. 말주변이 없으니 글로 풀어내는 수밖에 없다. 마음이 훌쩍 고향 집 마루에 걸터앉는다. 아랫마을로 내려가는 논둑길 사이로 우뚝 선 미루나무가 꼭 아저씨가 올라오는 듯 눈앞에 아른거린다.

≪창작산맥≫ 2019년 겨울호. 제30호

두 개의 방

손발은 물론 입술마저 파르르 떤다. 잔뜩 화가 난 표정으로 바지를 계산대에 냅다 집어 던지는 게 아닌가. 며칠 전 고객이 구입한 바지가 문제의 발단이다. 직접 바지 안 춤에 이름을 써놓고 갔던 상품이 바뀌었다는 것이다. 그녀가 써놓은 표식을 찾아 보여주지만, 자기 것이 아니란다.

마음에 철벽을 치고 이쪽의 얘기는 들으려 하지 않는다. 내가 전날 휴무로 다른 직원이 한차례 곤욕을 치른 모양이다. 상황을 전해들을 때만 해도 차근차근 설명하면 될 일이라고 가볍게 생각한 일이다. 사건이 이렇게 진전되리라곤 꿈에도 생각하지 못했다. 당신을 속였으니 보상하라는 고객에게 설명은 이내 말씨름이 되고 만다. 마음이 단단히 틀어진 그녀를 어찌해야 할지 막막하다. 그런데 그녀의 말과 행동이 좀 이상하다.

단지 바지 때문에 이토록 역정을 낸다고 하기엔 미심쩍다. 당신의 필적을 도용한 다른 상품이라고 주장하는 모습이 일반적인 반응은 아니다. 다른 곳에서는 당했으나 이번은 절대 당하지 않겠다고 으름장을 놓는 모습이 사뭇 의연하기까지 하다. 게다가 그녀가 억지를 부린다고 생각했는데 그렇다고 보기엔 일관되게 주장하고 있다. 하지만 바지엔 별문제가 없는 상황이다. 그녀는 오로지 자기 생각에 집중한 채, 누구의 말도 들으려 않고 불신의 철벽을 쌓는다. 그녀도 나도 지치기는 마찬가지다. 불현듯 돌아가신 할머니의 모습이 떠오른다.

난 종종 할머니 방에서 잠이 들곤 했다. 할머니의 몰랑몰랑한 젖무덤을 만지고자 품속으로 파고들면 부드럽고 달콤한 향기가 났다. 물론 할머니 방을 찾는 이유는 그뿐만은 아니었다. 황토와 지푸라기를 버무려 만든 벽에는 창문이 없어 밖을 내다볼 수 없었다. 할머니가 답답해하자 아버지는 벽에 손바닥만 한 작은 구멍을 내어 동그란 유리를 달아놓았다. 유리를 통해 밖을 보는 것이 재밌었다. 마당에서 일하는 부모님도 창밖 풍경도 유리를 통해 얼마든지 볼 수 있기 때문이었다. 하지만 어느 날부턴가 할머니가 가족은 물론 이웃과도 대화를 끊은 채 마음의 문을 굳게 닫아 버렸다.

당신만의 세계에 홀로 빠져있는 듯 표정은 차갑기만 했다. 할머니는 시간이 흐를수록 말수가 줄었고, 더는 누구를 보고도 웃어주지 않았다. 삶의 톱니바퀴가 어긋나기 시작하던 그즈음 할머니에겐 오직 들에 대한 기억만 또렷했던 것일까. 날이 밝아오기 무섭게 밭으로 간 할머니는 무슨 이유에서인지 잡초가 아닌 곡식을 죄다 뽑아냈다. 할머니만의 들일은 밤낮을 가리지 않았다. 아버지의 역정에도, 아니 간곡한 당부에도 돌아서면 같은 일을 반복하니 부모님의 근심은 커졌다. 급기야 할머니는 영역을 이웃의 농토까지 넓혀갔다. 평생 일만 하신 것에 대한 한풀이 같았다. 누구와도 소통하지 않고 오직 당신만의 생각에 갇혀 철벽을 쌓고 있었다. 그런 할머니를 끌어안고 소리 없이 우시던 아버지의 슬픈 모습이 지금도 또렷하다.

어른들은 할머니의 행동이 치매를 앓고 계시기 때문이란다. 증세가 심해지자 가족들은 할머니가 들에 나가지 못하도록 집안에 둔 채 일을 다녔다. 때론 어쩔 수 없는 상황이라며 할머니가 계신 방문을 잠가 놓기도 했다. 그럴 때면 할머니의 무표정한 시선은 작은 유리창을 통해 마당과 담을 넘어 들로 향하는 듯했다. 난 그런 할머니의 모습이 무서워 할머니의 방을 멀리했다.

할머니는 과연 당신의 방 벽에 기대어 무슨 생각을 했을까. 할머니에게 밭은 자식과 가족을 지켜준 소중한 보물이지만, 고달픈 삶의 현장이었으리라. 놓을 수 없는 일상이었고 계속하기엔 힘에 겨운 애증의 관계라 할 수 있었으리라. 하지만, 할머니는 그 힘겨웠던 들일을 손에서 놓자 힘없이 무너지고 만 것이다. 부모님도 집안 어른들도 지쳐가던 어느 날 할머니는 홀연히 우리 곁을 떠났다. 당신의 세계에 갇혀 계시다 문득문득 온전한 마음이 돌아오면 나를 꼭 안아 주던 할머니의 모습이 기억 저편에서 아렴풋하다.

파출소 순경의 말이 무겁게 다가온다. 그녀는 자녀들이 결혼하여 외지로 나가고 병환 중인 남편과 단둘이 생활한단다. 그녀의 작은 몸은 등까지 굽어 더욱 작아 보인다. 저 체구로 자식을 키우느라 일손을 놓을 새가 없었으리라. 더구나 병든 남편을 간호하느라 활처럼 휜 자신의 육신도 돌볼 틈이 없었을 것이다. 그녀의 고단함을 이해하기보단 억지소리나 하는 고약한 노인이라며 마음으로 몰아세운 나 자신이 부끄럽다.

그녀의 주름진 얼굴은 삶의 훈장만 같다. 그녀가 마음의 빗장을 풀었는지 노기 띤 목소리가 한결 부드럽다. 다행히 상황도 순조롭게 마무리됐다. 곁으로 다가가 굽은 등에 손을 얹고 마음을 불편하게 해드려 죄송하다고 말하니 비로소 그녀도 빙그레 웃는다. 평소 저렇듯 환한 미소를 지었으리라. 일상의 고단함이 자신도 모르는 사이 거칠고 낯선 모습을 만들었으리라 생각하니 가슴이 먹먹하다. 그녀의 불만을 차분히 듣고 해결하기보다 골치 아픈 고객을 어서 보내야겠다는 마음이 앞섰다. 나 또한 그녀처럼 나만의 방에 갇혀 산 건 아닌지 돌아본다.

우리는 간혹 정신적인 결함이 없어도 혼자만의 방을 원한다. 현실을 외면하고 아픈 기억을 잊고자 벽을 쌓고 그 안에 자신을 가둔다. 현실과 이상 두 세계 속에 공존하며 때론 한쪽으로 치우치기도 한다. 내가 짊어지기 어려운 삶 앞에서 '도피' 내지는 '회피' 처로 자기만의 방을 만드는 것이다. 그러나 그 방에 머무는 것도, 아예 갇혀버리는 것도 자신의 선택이다.

삶은 두 개의 방을 자유롭게 오가는 것이지 않나 싶다. 선택의 옳고 그름의 문제가 아니다. 자신의 방에 들어 편안하고 행복하다면, 그보다 평화로운 방이 또 어디 있으랴. 다만 모두가 인적 없는 외로운 섬이 아닌 옛 사랑방처럼 끈끈한 정이 흐르는 방에 머물길 원한다.

≪좋은수필≫ 2020년 10월. 통권 111호
≪에세이포레≫ 2021년 가을호 '작가 집중탐구'

오타

노트북 화면에 난잡한 글자들이 떠돈다. 자판에서 손가락이 미끄러져 만들어낸 글자이다. 손톱의 변형 때문인지, 흐트러진 마음 때문인지 알 수 없다. 오타 없이 글 몇 편 정도는 깔끔하게 필사 할 수 있는 타자 실력이다. 하지만, 그 실력도 예전 이야기다. 이젠 오타가 나기 시작하면 단 한 줄을 멀쩡히 넘어가지 못한다. 뭉툭한 검지 탓인가.

뭉툭하고 오그라진 손가락이 자판에서 미끄러진다. 손가락 끝의 보드랍고 동그란 살과 손톱이 균형을 맞추어 자판을 두드려야 오타가 없다. 하지만, 뭉툭하여 오그라진 검지는 아래 살이 자판에 잘 닿지 않는다. 자연스레 손톱으로 자판을 치게 된다. 손톱이 동그랗게 말려 자판에 닿는 대부분은 손톱의 윗부분이다. 그런 탓에 매끄러운 재질의 자판에 손톱이 설핏 닿으면 미끄러지기 일쑤이다. 자판에 살 부분이 조금이라도 닿게 하려고 손톱을 최대한 짧게 잘라보나 효과는 크지 않다. 그래도 요령이 생겨 평상시 자판으로 글을 쓸 때는 큰 무리가 없다. 하지만, 한번 오타가 나기 시작하면 리듬이 깨져 글은 금세 오타투성이다.

필사하고자 책을 펴고 불과 한 장을 넘기지 않은 터이다. 필사할 때는 먼저 글을 찬찬히 읽는다. 내용을 어느 정도 이해한 후 자판을 이용해 필사하며 구성도 보고 주제의 흐름도 살핀다. 자연스레 한 번 더 글을 읽게 된다. 그러다 마음을 울리는 내용이나 깊은 사유가 느껴지는 글을 만나면, 필사를 마친 뒤 다시 한 번 톺아 읽는다.

내게 작가라는 명칭은 아직 몸에 맞지 않는 옷을 입은 양 어설프다. 글을 쓰고 싶다는 작은 소망을 품고 들어선 작가의 길이다. 유명한 작가가 되고자 하는 욕심은 없다. 다만 한편의 글을 쓰더라도 독자가 내 글에 공감하여 두 번 세 번 읽고 싶다는 여운을 주고 싶다. 좋은 수필을 쓰고자 한다면 많이 읽고 또 필사해보라는 스승의 조언에 따라 추천 작품집을 필사하던 참이다. 필사할 때마다 매번 같은 일에 봉착한다. 오타가 나기 시작하면 글자를 수정하느라 글의 내용은 눈에 들어오지 않는다. 아니 한

번 읽었던 글의 내용조차 잊기 일쑤이다. 이럴 때는 필사를 한들 공부가 전혀 되지 않는다. 문득 우리의 삶도 이와 같지 않을까란 생각에 잠긴다.

인연이라는 소재의 글을 필사하던 중이다. 가족과 친구, 직장의 동료, 사회에서 만난 인간관계는 삶의 중요한 소재이다. 작가의 모든 글이 완벽하지 않듯 인연이 모두 곱고 살갑지만은 않으리라. 때론 어긋난 애증의 관계도 있으며, 다시는 만나고 싶지 않은 오타와 같은 악연도 있다. 무리 없이 이어지던 생도 한순간 어긋나기 시작하면, 어김없이 오타로 얼룩진다. 정신을 굳건하게 가지고 산다 해도 주변의 편견이라는 변형된 관심은 삶이란 자판 위에서 사정없이 튕겨 나간다. 그렇다고 어찌 모든 인연을 멀리할 수 있으랴.

지금 난 오타의 원인이 검지 탓이라는 핑계를 찾고 있다. 마치 고단한 삶이 누구의 탓이었다며 핑계를 대던 나 자신처럼 말이다. 현실을 바로 보기보다 삶의 도피처를 찾아 헤매던 예전 내 모습과 똑 닮았지 않은가. 스스로가 아닌 다른 누구의 잘못 때문이라는 말로 나를 포장하려는 이기심이다. 부끄러움이 밀려온다. 오타가 나면 속도를 늦추어 손가락의 위치와 마음을 바로잡아야 한다. 정확히 자판을 두드려 오타를 줄이고자 집중해야 옳다. 삶 또한 마찬가지이리라. 오타가 생겼다면 바로잡아야 할 일이다. 결코 후회하고 포기할 일은 아니다. 삶의 주인은 바로 나 자신이지 않은가. 스스로 오타 인생이라는 죄명을 씌워선 안 된다.

자신의 삶을 타인에게 의존하지 말자. 생에 오타가 생겼다면, 그것은 자신의 문제이지 다른 누구의 잘못이 아니다. 한 생이 오롯이 평탄한 이가 어디 있으랴. 모든 이가 평탄한 삶만 산다고 해보자. 그렇다면, 국어사전에서 도전이나 열정이란 단어는 사라질 수도 있으리라. 오타가 있는 삶이라 한들 실패한 삶은 아니다. 결코, 굴곡진 삶을 두려워 마라. 그 과정을 거치며 세상을 바라보는 혜안도 살아가는 지혜도 터득하리라.

작가는 글을 쓸 때 수많은 퇴고를 거친다. 퇴고를 거듭하며 오타와 어설픈 문장을 수정하고 바로잡는다. 그 과정을 거치고 나서야 비로소 독자에게 자신의 글 한 편을 내어놓는 것이다. 하물며 한 사람의 삶이 어찌 오타 없이 완벽할 수 있으랴. 삶에서 찾아오는 오타란 장애물은 새로운 도전과 열정을 일깨워주는 마중물 같은 것이리라. 허둥거리지 말고 침정히 오타를 찾아 생을 바로 이끌어야 한다. 생이든 필사든 다르지 않다. 오타를 수정하지 않는다면, 우리네 삶도 글도 허공에서 메아리로 머물 뿐이리라.

오타는 내 안의 나, 무의식의 자신인지도 모른다. 필사란 행간의 의미, 문장과 문단의 구성, 주제의 의미화 등을 살펴 깨우치고자 한다. 하지만, 문서작성하듯 빠르게 자판만을 두드린다면, 그 의미인들 어찌 깨우치랴. 오타는 삶의 속도에 쉼표를 주라는 무언의 정수이다. 모든 사물과 현상에 의미 없는 것은 없다. 나 또한 그 의미는 깨우치려 않고 관계없는 손톱 탓만 했으니 얕은 수를 쓴 것이 아니고 무엇이랴. 무수한 오타를 만들어낸 뭉툭한 검지가 삶의 자세를 올바르게 일깨운다.

≪수필세계≫ 2020년 봄호. 통권 64호

돌

생명

너럭바위 중앙이 떡하니 벌어져 있다. 정을 맞은 것도 아니요, 벼락을 맞은 것도 아니다. 돌이 갈라진 틈새로 솟아난 것은, 뜻밖에도 한 그루의 나무이다. 나무가 바윗돌을 부수어 보금자리를 잡고자 욕심낸 흔적은 없다. 바위의 배려인지 나무의 도전인지 호기심이 인다.

너럭바위는 어찌 단단한 제 몸을 갈라 품지 못할 것을 품었을까. 바위와 나무가 애초에 있던 곳은 식물원은 아니다. 바람이 많은 제주의 어느 오름쯤이었을까. 특별한 모습을 있는 그대로 볼 줄 모르는 인간의 욕심에 낯선 이곳까지 오게 된 것이다. 식물원에는 다양한 식물들로 가득하다. 식물도감에서 본 희귀식물도 보인다. 하지만, 내 시선은 오직 녀석의 뜬금없는 모습에 고정된다. 외부의 강한 힘에도 쉬이 깨지지 않는 것이 돌이 아닌가. 흔히들 단단한 것을 표현할 때 '돌 같다.'라고 말한다. 공생할 것 같지 않은 나무와 바위 그들의 첫 만남, 그날을 상상한다.

바위는 처음부터 누군가를 품어야 하는 운명이지 않았을까. 폭발한 화산의 거대한 불덩이는 열기가 식으며 크고 작은 숨구멍을 품고 화산석이 된다. 화산석은 오랜 세월 먼지와 낙엽 등이 쌓이며 숨구멍은 대지의 흉내를 내고 있었으리라. 어디선가 날아와 둥지를 튼 씨앗은 주저 없이 생존 번식의 본능을 발휘했을 것만 같다. 살아남고자 발버둥 치는 나무가 가련하지 않았겠는가.

주변의 새들과 나뭇잎, 공기가 그를 도왔으리라. 나무의 뿌리가 바위에 정착하도록 먼지는 흙이 되고 나뭇잎과 새의 똥은 썩어 자양분이 되었으리라. 바위는 자연의 하나로 틈새에 나무의 존재를 인정한다. 인간도 세상을 바위와 나무처럼 살아가면 얼마나 좋으랴. 그리하면, 우리의 삶은 아무런 문제가 없을 것만 같다.

염원

중생의 묵언 기도는 계곡을 따라 산사에 닿는다. 전각 아래 눈을 말갛게 뜬 물고기와 인사를 나누는 것도 잊지 않는다. 파란 하늘에 유유히 흐르는 구름 위로도 사뿐히 오른다. 묵언 기도의 전령사들은 천왕문을 지나 명부전 담장 아래까지 단숨에 이르리라.

구름에서 내려 잰걸음으로 비로자나불을 모신 대광보전 앞뜰로 향한다. 예를 갖춘 뒤 이내 종종걸음으로 대웅보전 앞 담장 기와에 줄지어 선다. 소박한 돌탑 모습으로 선 중생의 문안에 부처님의 얼굴 가득 자애로운 미소가 번진다.

불자가 아니라도 좋다. 사람들은 작은 돌탑을 쌓으며 저마다 염원을 담는다. 어떤 이는 가족의 건강을 또 어떤 이는 자식의 대학 입시와 가장의 성공도 간절히 기원했으리라. 어찌 소원하는 일이 그뿐이랴. 몸이 아프다거나 이러지도 저러지도 못하는 상황에 놓인 이들은 돌 하나하나를 쌓으며 가슴 절절한 사연도 담았으리라. 대중의 염원은 개울을 따라 물길보다 긴 돌탑의 행렬을 세운다.

돌탑을 쌓는 이의 떨리는 손끝이 눈에 보이는 듯 그려진다. 나 또한, 마음을 정돈하고 돌탑을 쌓는다. 쓰러지면 다시 얹고 무너지면 다시 쌓기를 반복한다. 좀처럼 쉽지 않은 돌탑 쌓기를 그들은 어찌 저리도 정교하게 쌓았을까. 몇 번의 시도 끝에 작은 요령 하나를 터득한다. 받침돌은 조금 거친 돌로 선택해야 수월하다. 매끄러운 돌은 쌓으려니 뒤뚱거리다 이내 무너져 내린다. 쉽게 이루어지는 것이 어디 있으랴. 많은 돌탑은 저마다의 염원이 깃든 결과물이다. 비록 작은 돌탑일지라도 그곳에 담은 중생의 마음은 태산보다 높지 않을까. 돌탑의 주인이 누구이든 그것은 중요하지 않으리라. 그들의 기도는 산사를 향해 타박타박 오르는 중이다.

단단한 무생물인 너럭바위를 만져본다. 자신의 몸을 갈라 나무에 내어준 바위의 삶을 희생의 삶이라 해야 옳을까. 아니 그들은 처음부터 서로를 배려하는 공생의 삶을 사는 것이리라. 자신의 이해득실을 따지지 않고 상대에게 자신의 일부를 기꺼이 내어주고 있지 않은가.

중생에게 돌탑은 부처이다. 산사에 오르는 계곡, 아니 경내까지도 그들은 돌탑 쌓기를 주저하지 않는다. 저마다 소망을 담아 탑을 쌓는 시간은 법문을 듣는 시간과 다르지 않았으리라. 마음속 모든 번뇌도 간절함도 돌탑에 담는다. 돌탑과 중생은 이미 한

마음이니 부처가 아니고 무엇이랴. 무수히 늘어선 돌탑을 향해
조용히 합장한다.

땅의 옷

　섬을 한 바퀴 돌아 나오는 길이다. 지인들은 붉은 동백꽃에 탄성을 지르며 카메라에 담느라 정신이 없다. 나 또한 꽃을 찍다 매끈한 동백나무 둥치에 시선이 머문다. 둥치에 작고 얇은 하얀색 물체가 따개비처럼 붙어있다. 하얀색 실로 섬세하게 뜨개질한 듯 곱다. 아니 가장자리 문양은 마치 레이스를 주름 잡아 놓은 듯 단아하다. 이미 동백꽃은 안중에 없다. 나의 호기심을 끈 것은 작은 문양의 '땅의 옷'이다.

　지인과 찾았던 섬에서 땅의 옷과 눈인사를 나눈다. 섬은 오랫동안 일본군의 주둔지였던 곳이다. 해방을 맞아 섬을 찾았지만, 다시 군사지역으로 지정되어 그 모습은 밖으로 쉬이 드러나지 않는다. 그런 연유로 섬의 물상들은 옛 모습 그대로 세월 속에 머문다. 꽃나무가 육지에서 흔히 보았던 모습과 달리 가지가 굵고 잎이 울창하여 마치 큰 나무등치를 보는듯하다. 섬의 물상들은 모진 세월을 지내온 애틋한 정으로 연결된 채 파란의 세월을 잊고 평화로운 휴식을 즐기고 있다.

회연서원 돌담 기와에서 만난 땅의 옷은 그 모습이 조금 색다르다. 허연빛의 얇은 모양도 있지만, 짙은 회색빛 도톰한 것이 대부분이다. 땅의 옷은 다른 식물과 달리 생육이 더디다. 일 년을 자란 크기가 겨우 일에서 이 미리 정도란다. 그렇다면, 400여 년의 세월을 품은 회연서원이니 땅의 옷 역사도 그와 같은 걸까. 회색빛 땅의 옷을 조심스레 만져본다.

바싹 마른 표면은 생기라곤 느껴지지 않는다. 끝부분을 만지니 쉬이 부서진다. 마르고 쉬이 부서져 마치 죽은 것처럼 보이나 죽은 것이 아니란다. 극심한 기후에서 자신을 보호하고자 스스로 수분을 제거하고 휴면기에 접어든 것이다. 환경에 적응하는 순발력이 대단하지 않은가. 그의 생존법이 놀라울 뿐이다. 몸집이 크지도 그렇다고 특별히 자신을 지키려는 보호색도 없으니 스스로 살아내는 법을 터득한 것이리라. 땅의 옷은 지의류의 또 다른 이름이다. 오래된 물상 주변이나 바위에서 그것을 만날 수 있다.

서원 입구를 지키는 수령이 오래된 느티나무엔 푸른 이끼가 가득하다. 나무는 주변에 흐르는 강의 영향인지 온몸에 이끼의 습격을 받고 있다. 둥치의 빛깔이 애초 푸른색이었던 것처럼 이끼가 나무 전체를 감싸고 있다. 푸른 이끼는 땅의 옷과는 달리 수분이 많고 성장이 빠르다. 물기 많은 이끼가 둥치를 타고 오르면 나무는 숨을 쉬지 못하고 썩는다. 서원 관계자는 둥치 아랫부분에 수북이 쌓인 흙의 영향이 큰 것으로 보고 조치할 계획을 세운다. 스스로 살아낼 방법은 없으나 인간의 관심과 도움이 나무의 삶을 지켜 주리라. 생을 다스리는 데는 사람이나 사물이나 크게 다르지 않다. 문득, 거리에서 보았던 중년 남자의 모습이 떠오른다.

남자는 차가운 시멘트 바닥에 대자로 누워있다. 집도 아닌 길바닥에 휴식을 취하려 누운 것은 분명 아니다. 옆을 서성이는 젊은 남녀 표정을 살피니 예사롭지 않다. 남자의 얼굴에선 핏기 하나 없이 미동조차 없다. 그의 주변으로 수런거리는 사람들이 모여든다. 그들 틈에 끼어 우왕좌왕하는 것은 도움이 되지 않으리라 싶어 자리를 벗어난다. 젊은 남녀가 구급대원을 부르니 괜찮으리라 생각하지만, 마음은 개운치가 않다. 얼마나 지났을까.

머리에 챙 모자를 쓰고 깡마른 남자가 고래고래 소리를 지른다. 자세히 보니 조금 전 길바닥에 대자로 누워 있던 남자이다. '다행이다' 생각하는 순간 무언가 이상하다는 느낌이 든다. 구급대원에게 손가락질하며 소리를 지르는 남자는 조금 전과는 달리 힘이 넘쳐 보인다. 그와 대조적으로 구급대원은 무표정으로 그를 지켜볼 뿐이다. 내 시선은 조금 전 그를 챙기던 젊은이들을 찾는다.

젊은 여자가 구급대원의 품에 기대어있다. 얼굴은 볼 수 없으나 어깨가 들썩이는 것을 보아 울고 있는 듯하다. 조금 전 함께 있던 남자는 화를 누르고 있는 듯 숨을 거칠게 몰아쉬고 있다. '하루에 한두 번은 신고가 들어와요.' 구급대원의 말이 이어진다. 술을 먹고 아무 곳이나 쓰러져 잠을 잔단다. 더구나 도움을 주는 이에게 자신을 해코지한다며 억지소리와 주먹을 휘두르는 일도 예사란다. '물에 빠진 사람 구해주니 보따리 내놓으란다.'더니 그는 어쩌다 자신의 삶을 저리 내동댕이치고 있을까.

그의 삶이 궁금해진다. 젊은 생을 다하여 공들인 사업이 무너져 정신적 충격이 심했던 것은 아닐까. 아니면, 정신을 잡을 수 없을 만큼 큰 시련을 겪고 세상을 향해 알 수 없는 분노를 토해내는 것일까. 누구나 삶의 애환이 없을 수는 없다. 작은 생명체인 땅의 옷도 극심한 기후에서 살아내고자 스스로 수분을 배출

해야만 하는 고통을 이겨내고 있지 않은가.

그는 세상을 향하여 구원을 청하는 것이리라. 스스로 삶을 포기하고 싶은 자가 어디 있으랴. 또한, 타인에게 짐이 되고 불편함이 되는 것을 바라는 자가 누구랴. 세상을 향해 자신을 살려달라고 절규하는 것만 같은 그의 모습이 안타깝다. 고통 속에서도 자신의 삶을 당당히 지켜내는 땅의 옷의 생을 안다면, 삶을 대하는 그의 자세가 달라질까. 남자의 삶, 그 주인은 바로 자신이 아니던가.

생이 어찌 매 순간 달콤하기만 하랴. 흥분을 감추지 못하고 욕설하는 남자의 행동은 한동안 이어진다. 그의 모습을 보며 문득, 성공한 이들의 생을 떠올린다. 그들의 성공은 거저 얻어진 것이 아니리라. 거듭된 실패에도 무너지지 않은 삶에는 비움과 채움의 고통스러운 과정이 잠재한다. 성공의 고지에 올랐던 이의 실패는 더욱 일어서기 쉽지 않으리라. 과거 화려했던 삶을 과감히 벗어나 처음보다 갑절의 노력과 인내를 감수하지 않는다면, 어찌 다시 일어설 수 있으랴. 땅의 옷이 자신을 지키고자 오히려 목숨과도 같은 수분을 배출하는 과정도 그와 같다.

사진 속 '땅의 옷'을 자세히 살펴본다. 사람보다 오랜 생을 살아왔을 모습이지만, 어디에도 교만함이나 과한 치장은 보이지 않는다. 지금 고래고래 소리를 지르는 저 남자의 삶을 속속들이 알 수는 없다. 땅의 옷이 생명수를 기꺼이 비워내는 고통을 감수했듯 그 또한, 지난한 시간을 기꺼이 감내할 수 있기를 바라며 무거운 발걸음을 돌린다.

당목

장삼 자락이 큰 북 위를 춤추듯 넘나든다. 범종각 아래 모여든 사람들 표정도 다양하다. 소리에 다소곳이 집중하는 사람이 있는가 하면, 엄숙한 현장을 핸드폰 동영상으로 담는 사람도 여럿이다. 내 앞 어린 남매는 호기심 가득한 눈빛으로 살금살금 앞으로 나아간다. 아이들의 몸짓에서 금방이라도 범종각에 오르고 싶은 마음이 느껴진다.

사물 소리를 찾아 산사에 오른 참이다. 사회적 거리 두기로 개인의 행동반경은 점점 좁아진다. 늦은 점심을 먹고 답답한 마음을 털어내고자 산사로 오르는 길엔 적송과 단풍나무가 줄느런하다. 서둘러 붉은 갓을 쓴 나무는 자신의 키보다 길게 그림자를 드리우고 있다. 문득 텔레비전 뉴스에서 본 장면이 떠오른다. 개인의 자유라는 왜곡된 행동이 온 나라를 코로나 팬데믹에 빠트리는 이들의 모습이다. 그들은 마치 돌아올 수 없는 막장으로 향하는 것만 같다. 무엇을 향한 몸짓인지 도통 분간이 어렵다. 어지러운 생각을 지우고자 빠른 걸음으로 산사로 향한다.

연화교를 건널 즈음 해는 서산을 넘는다. 태양의 여광이 남아 주변은 그리 어둡지 않다. 사천왕문에 들어서자 가사를 입은 스님들이 마당을 지나 범종각에 오르고 있다. 전각 왼편 금동 미륵 대불은 멀리서 보아도 그 모습이 웅장하다. 33m 장신인 대불님도 전각 지붕에 턱을 고인 채 사물의 울림을 기다리는 중이다. 법고 소리를 시작으로 저녁 예불이 시작된다. 불교에서 법고를 치는 것은 모든 중생이 번뇌를 끊고 해탈을 이루게 한다는 의미란다. 코로나 19로 인해 지친 이들의 날 선 비판도, 멈추지 않는 거친 언행도 법고 소리에 잦아들기를 기원한다.

스님의 발길이 법고와 목어를 지나 범종에 머문다. 당목의 힘찬 몸짓에 깊고 장중한 소리가 높은 능선을 타고 흐른다. 범종의 울림과 동시에 당목이 심하게 흔들린다. 스님의 장삼 자락도 왼쪽으로 두 번 다시 오른쪽으로 한 번 나무에 묶은 줄을 잡고 헛몸짓에 따라 출렁인다. 순간 그의 헛몸짓이 당목에 고통이 들어

간다고 소리치는 것만 같다. 깨어지고 부서지는 듯한 고통, 열반에 든 스님의 다비식에서 '스님, 불 들어가요'라고 소리치는 듯 애절한 몸짓만 같다. 당목의 몸짓이 안타까운 현실을 보여주는 듯도 하다. 치료제와 백신으로 한숨 돌렸다고는 하지만, 조심스럽고 답답하기는 마찬가지이다.

코로나 19는 깨어지지 않을 단단한 쇠뭉치만 같다. 학자들도 의료진도 더 정확한 치료제를 만들고자 고심 중이다. 바이러스와 마주한 사람들은 남녀노소를 불문하고 잔뜩 주눅이 든 모습이다. 밖으로 대책 없이 나섰다가 황망히 쓰러져 고통을 호소하는 이도 늘어난다. 일상이 날로 흉흉해진 탓에 사람들은 단단히 입을 봉하고 대문을 걸어 스스로 격리에 든다. 거리는 한산하고 상점은 사람들 발길이 뜸하다. 기업은 재택근무를 택하고 학교는 온라인 수업으로 대체한다.

나 또한, 딸아이가 출퇴근길에 감염이 되지 않을까 전전긍긍이다. 결국 딸과 출퇴근을 함께하기로 한다. 아이를 직장에 내려주고 데려가다 보니 출퇴근 시간이 한 시간여 늘어나지만, 뾰족한 방법이 없다. 고달프고 갑갑하다 하여 방역지침을 거부할 수도 없다. 차갑고 단단한 범종을 치는 당목의 심정이 바이러스와 마주한 우리의 심정과 같지 않을까. 범종의 깊은 울림은 한없이 무른 나무, 당목의 희생이 얻어낸 소리이다. 바로 지금 우리가 해야 할 역할이리라. 개인의 불편함보다는 타인을 배려하는 마음이 절실한 때이다.

엄지손가락을 힘차게 치켜든 이가 건물 안으로 사라진다. 코로나 19에 감염된 환자들을 돌보는 의료진의 모습에 두려움은 느껴지지 않는다. 아니 그들이라고 왜 두려움이 없으랴. 환자를 간호하다 감염된 의료진이 치료 후 집이 아닌 곳에 홀로 격리에 들어간다는 소식도 들린다. 가족과 사회를 지켜야 하는 책임감에 외로움을 감수한 선택이다. 사회적 역할을 다하다 안타깝게 감염이 된 와중에도 자신의 안위만 생각할 수 없었으리라. 집이 아닌 홀로 지낼 곳을 찾은 마음이 오죽하랴. 그인들 가족에게 의지하여 쉬고픈 마음이 왜 없었겠는가. 개인의 욕구가 아닌 가족과 이웃을 배려하는 모습에서 범종의 의미를 깨우친다. '힘을 냅시다. 코로나 19 이겨낼 수 있습니다.' 그의 외침이 코로나 19를 물리칠 장중한 울림이 되어 흐른다.

당목과 범종은 전혀 다른 물질이나 한 몸과 같다. 쇳덩이에 스민 깊고 장중한 소리를 이끈 주인공은 둘이 함께이어야만 가능하다. 당목의 재료인 나무는 무르고 약하다 할 수 있으나 그 의미는 강하다. 나무는 사람들에게 자신의 모든 것을 아낌없이 내어주는 존재가 아닌가. 코로나 19 최전선으로 기꺼이 나선 의사들이 바로 모든 것을 아낌없이 내어준 나무, 당목이 아니랴.

용기는 어떠한 두려움도 이겨낼 힘을 지녔다. 형체가 보이지 않는 바이러스와의 싸움은 소리 없는 전쟁터에 나선 전사의 마음과 무엇이 다르랴. 두려움이 아닌 기필코 이겨내리란 자신감으로 바이러스에 대항하고 있으리라. 당목이 단단한 쇳덩어리 범종을 기운차게 때려 장중한 울림을 이끌어내었듯, 개인의 작은 희생이 따를지라도 기필코 이겨내리란 강한 의지만이 깊은 울림으로 돌아오리라.

스님이 마지막 사물 운판을 치고 범종각을 내려선다. 마스크를 쓴 귀여운 두 녀석이 그제야 부모의 품을 파고든다. 코로나 팬데믹 상황이 오래 지속되지 않기를, 희생을 마다치 않는 이들의 고난이 더는 깊어지지 않기를 기원한다. 우뚝 선 미륵대불의 시선이 어두워진 길을 나서는 중생을 향한다. 당목도 그제야 흔들림을 멈추고 조용히 산사의 밤을 맞는다.

이인숙 수필집

수탉의 도전